너의 오른발은 어디로 가니

꿈꾸는돌
41

너의 오른발은 어디로 가니
돌봄 소설집

강석희 김다노 백온유 위해준 전앤 최영희 황보나

2024년 12월 13일 초판 1쇄 발행

펴낸이 한철희 | 펴낸곳 돌베개 | 등록 1979년 8월 25일 제406-2003-000018호
주소 (10881) 경기도 파주시 회동길 77-20 (문발동)
전화 (031) 955-5020 | 팩스 (031) 955-5050
홈페이지 www.dolbegae.co.kr | 전자우편 book@dolbegae.co.kr
블로그 blog.naver.com/imdol79 | 트위터 @Dolbegae79 | 페이스북 /dolbegae

편집 이하나·강정윤
표지 디자인 김민해 | 본문 디자인 김민해·이연경
마케팅 심찬식·고운성·김영수 | 제작·관리 윤국중·이수민·한누리
인쇄·제본 상지사 P&B

ISBN 979-11-92836-97-3 (44810)
ISBN 978-89-7199-432-0 (세트)

책값은 뒤표지에 있습니다.

너의 오른쪽 어디로 가니

(돌봄 소설집)

강석희 김다노 백온유 위해준 전앤 최영희 황보나

돌베개

녹색 광선

강석희

강
석
희

2018년 동아일보 신춘문예를 통해 작품 활동을 시작했다.
쓴 책으로 소설집『우리는 우리의 최선을』,
장편소설『꼬리와 파도』,『내일의 피크닉』등이 있다.

돌 하나를 갖고 싶었다. 완벽한 형태의 흑돌을.

그 돌은,

반지름 1센티미터의 완전한 원이어야 했다. 두껍게 떼어 낸 수제비 정도의 부피여야 했고, 흐르는 물 속에서 마모되어 반질반질해야 했다.

그리고 무엇보다,

나의 말을 모두 기억해 줘야 했다. 그게 어떤 말이든. 그 말들을 어디에도 흘리지 않아야 했다. 과묵하고 묵직할 것. 손에 쥐고 있으면 마음이 차분해질 것. 그만큼이나 단단하고 짱짱할 것.

그 돌은,

세상에 존재할 리 없는 돌, 만에 하나 있다 해도 내 눈에는 보이지 않을 돌이었다. 그 정도는 나도 이제 안다. 그래서였는지도 모른다. 이모에게 3년 만에 연락을 한 것은.

약속 장소는 다름산이었다. 6월 셋째 주 수요일이었다. 학교
는 가지 않았다. 엄마는 알고 담임은 몰라서 무단결석이 될 예
정이었다. 아프다고 거짓말할까? 생각도 해 보았으나 내키지
않았다. 학교 따위……. 그런 마음이었다.

1교시가 시작될 즈음 담임에게서 전화가 왔다. 원래의 결심
대로라면 받지 않아야 했는데, 삐딱선도 어중간하게 타는 나
는, 순순히 통화 버튼을 눌렀다.

"여보세요?"

"지금 어디니?"

"……."

"아직 집이야? 어디 아프니?"

"……네. 생리통이 심해서요."

"그럼 미리 연락하지 그랬어."

"……."

"어머님이랑 통화한다?"

"네."

"그래. 푹 쉬고 내일 보자."

담임의 목소리는 다정했지만 언제나처럼 금세 흩어졌다. 이
마를 짚은 채 잠시 서 있었다. 마지막 생리는 겨울이었다. 엄마
는 내 거짓말에 요령껏 박자를 맞춰 주겠지. 오늘 출석부에는

인정결석으로 기록될 것이고. 나는 문제없는 학생이 되어, 아파서 학교를 쉬기로 한 학생이 되어, 하루를 흘려보낼 뿐. 그뿐. 겉으로 아무 문제도 일어나지 않았다. 하지만 기분이 나빴다. 찜찜했다. 짜증이 났다. 화가 났다. 전화를 받는 게 아니었다. 무단결석할걸. 하고 싶었는데. 했어야 했는데. 하지만 시간을 거슬러 간다 해도 나는 통화 버튼을 누르겠지.

이모에게선 여전히 연락이 없었다.

버스 정류장에서 내려 주차장으로 갔다. 몇 걸음 걷기도 전에 등줄기에 땀이 흘렀다. 이모는 택시를 타고 온다고 했다. 주차장에는 관광버스 한 대와 승용차 몇 대만 서 있었다. 그늘 한 점 없는 주차장에서 이모를 기다렸다. 땀이 뻘뻘 났다. 이모는 30분 전에 '지금 출발.'이라는 메시지만 보내 놓고 '나 도착했어.'라는 내 메시지는 읽지 않았다. 전화를 해 볼까도 했지만 그러기는 싫었다. 이럴 거면 왜 나온다고 했어. 머릿속의 불만이 구체적인 말로 바뀌기 시작할 쯤, 메시지가 왔다.

—내렸어.

주위를 둘러보았다. 이모가 탔을 만한 크기의 택시는 보이지 않았다. 메시지를 다시 읽느라 고개를 숙였더니 열이 확 오르면서 머리가 멍해졌다. 뭐라고 답을 해야 하지. 그사이 이모의 다음 메시지가 도착했다.

—캠핑장이야.

10시 정각이었다. 우리가 정한 약속 시간과 한 치의 오차도 없었다. 이모와 나는 대화를 아무리 기슬러 올라가 봐도 주차장에서 만나자고 한 내용을 찾을 수가 없었다. 그렇다고 캠핑장에서 만나기로 한 적도 없어서 우리가 엇갈린 건 누구의 탓도 아니었다. 기온은 이미 30도를 뚫고 올라갔다. 피하고 피했던 생각 하나가 머릿속에서 문장이 되었다.

나는 이 만남을 후회해.

주차장에서 캠핑장까지의 거리는 1.5킬로미터였다. 얕은 경사가 계속 이어지는 길이어서 부지런히 걸었는데도 30분 가까이 걸렸다. 그사이 이모는 내게 세 개의 메시지를 보냈고 두 통의 전화를 걸었다. 나는 모조리 무시한 채 땅만 보고 걸었다.

이모는 지붕이 있는 야외 바비큐장에서 기다리고 있었다. 아니. 기다린다기보다는, 그냥 풀숲을 보고 있었다. 무척이나 태연해 보였다. 메시지도 전화도 단지 걱정하는 시늉이었나. 이모에게 다가가 어깨를 툭툭 쳤다. 이모는 전동 휠체어를 앞으로 한 번 밀었다가 왼쪽 대각선 방향으로 길게 물러나면서 나와 마주 봤다. 무표정한 두 얼굴이 서로를 보기만 했다. 먼저 입을 뗀 건 이모였다.

"왜 불렀니?"

3년 만에 하는 인사였다. 발음이 또렷하진 않지만 목소리만큼은 단단한. 너무나 이모의 것인 말. 화가 나면서도 반가워서 나는 별안간 울어 버렸다. 한결같다. 정말 한결같다. 이모는 내가 울음을 그칠 때까지 꼼짝 않고 있었다.

이모와 엄마는 네 살 차이. 이모가 동생이다. 외할머니는 두 딸의 태몽을 한꺼번에 꿨다. 무더운 여름 한낮, 냇가에 앉아 목덜미를 씻고 있던 할머니 앞으로 빨간 자두 두 알이 동동 떠내려왔다. 할머니는 두 손을 뻗어 자두를 건져 냈고 치마에 슥슥 문지른 다음 왼손에 든 것부터 먹었다. 놀랍도록 달콤했다. 기분이 한껏 들뜬 할머니는 오른손에 든 두 번째 자두도 턱, 깨물었다. 그 자두는 경을 칠 정도로 시었다. 할머니는 자두를 놓쳤고 그 순간 잠에서 번쩍 깼다.
"내가 그놈을 꾹 참고 다 먹었어야 했는데."
할머니는 늘 그렇게 말하고 한숨을 쉬었다. 엄마도 이모도 좋아하지 않는 이야기였다. 나조차 여러 번 들어서 외울 지경이었으니 두 사람이야 오죽했을까. 하지만 주기적으로 그 이야기를 하는, 해야 하는, 할 수밖에 없는 할머니의 마음을 모르지 않았던 엄마와 이모는 묵묵히 견디는 쪽을 선택했다. 엄마는 미간을 찌푸리며 눈을 감았고, 이모는 한숨을 꿀꺽 삼키며 고개를 숙일지언정 할머니의 말을 끝까지 들었다. 반응이 돌아오지 않는 이야기를 마친 할머니는 할아버지를 타박했다. 아내와 딸들 뒤에 흐린 정물화처럼 앉아 볶은 콩이나 호박씨를 까 드시던 할아버지는 조용히 일어나 방으로 숨었다.

그것이 내가 어릴 적 자주 봤던 외가 풍경이었고, 그렇다 보니 엄마는 나의 태몽을 알려 주지 않았다. 아닌 척했지만 가끔은 정말 궁금했다. 진짜 없는 것 같진 않아서 더 그랬다. 그래서 어떤 날에는 할머니가 슬쩍 미워지기도 했다. 감정이 그렇게 흐르면 얼굴도 마음도 붉어졌다. 그럴 때에 나는 이모와 많이 닮아 보였다. 그 사실은 한때 내게 위안이었다. 그러니까 한때, 어디까지나 옛날의 일이었다.

어릴 적 내가 가장 좋아했던 장난감은 이모의 전동 휠체어였다. 외가에 갈 때면 이모만 찾았다고 한다. 외할머니는 '저거 저거, 할미는 본 체도 않고…….' 혀를 찼다. 그러거나 말거나 나는 마냥 이모에게만 매달렸다. 이모는 집에서는 팔에 몸을 지탱해서 바닥을 미끄러져 다녔는데, 내가 갈 때면 미리 휠체어에 올라 있었다. 나는 이모의 발과 다리에 손과 얼굴을 문대며 태워 줘, 태워 줘요, 했다. 이모는 예나 지금이나 이모여서 그때도 휠체어 팔걸이에 턱을 괴고서 태워 주면 뭐 해 줄 건데, 따위의 말을 했다. 내가 뽀뽀를 해 주겠다고 하면 그런 거 말고 돈을 내, 돈을, 같은 대꾸를 하면서. 그러면서도 안 태워 준 적은 없었다. 그리고 내게 한 번도 생색 같은 건 내지 않았다.

차갑고 무겁고 단단한 전동 휠체어 때문이었을까. 자그맣던 내게 세상에서 가장 힘이 센 사람은 이모였다. 그 믿음이 깨진 건 일곱 살 여름이었다. 유치원 버스에서 내렸는데 이모가 마중을 나와 있었다. 엄마에게 급한 일이 생겼다는 거였다. 엄마는 잘 허락하지 않는 아이스크림을 이모는 선선히 사 주었다. 이 잘 닦으라는 잔소리도 하지 않았다. 나는 기분이 한껏 좋아져 이모에게 말했다.

"이모는 좋겠다."

"뭐가?"

"안 걸어도 되니까. 휠체어가 이모 태워 주니까."

이모는 휠체어의 속도를 높여 앞으로 주욱 달려갔다. 낮 시간이어서 널널하던 야외 주차장 한가운데에서 이모는 한 바퀴를 빙 돌았다. 와, 짱 멋있어. 박수를 치다가 내 몫의 아이스크림을 놓쳤지만 전혀 아깝지 않았다. 이모는 침착한 얼굴을 하고 내 곁으로 와서 먹던 아이스크림을 내게 주었다.

아파트 공용 현관 앞에서 이모와 나는 잠시 멈춰야 했다. 휠체어가 다닐 수 있는 통로에 페인트를 새로 칠해 놓는 바람에 출입할 수가 없었다. 짧고 가는 내 다리로도 오를 수 있는 계단 세 칸을, 이모는 오르지 못했다. 내게 등을 돌리고 엄마와 메시지를 주고받는 이모는 화가 난 듯했다. 잠시 뒤 이모는 앞으로 두 시간 동안 내가 집에서 뭘 먹고, 어디에 있으면 되는지 엄마의 말을 전했다. 그리고 만 원 한 장을 쥐여 줬다. 나는 이모가 왜 우리 집에 올 수 없었는지 생각했다. 엄마가 먹으라고 한 건 손도 대지 않고 소파에 가만히 앉아 있었다. 오른쪽

대각선 방향으로 크게 휘어진 이모의 척추가 자꾸 아른거렸다. 버스를 두 번 갈아타아 하는 길을 이모가 잘 갔을지, 애초에 어떻게 왔을지 곱씹었다. 태어나서 처음으로 이모의 뒷모습을 본 날이었다.

막 울고 나니까 옛 생각이 좀 났을 뿐, 이모에 대한 거리감이 사라진 건 아니었다. 눈물은 이상한 힘을 가지고 있어서 어떤 이야기가 자꾸 하고 싶어졌다. 이모만 들어 줄 수 있을 것 같은 이야기들이 입술 안에 갇혀 아우성을 쳤다. 하지만 이야기 같은 걸 하기 전에, 우리 사이엔 풀어야 할 것들이 있었다. 입 밖으로 나오려는 그 말들을 모아 꿀꺽 삼키고 이모를 앞질러 걸어가다 자리에 우뚝 멈춰 섰다. 그 순간 내 의지와 상관없이 입에서 엉뚱한 말이 튀어 나왔다.
"요새는 블로그 안 해?"
안 하느니 못한 말 중에서도 하필 가장 최악인 말.
이모의 블로그. 내가 감히 그 이야기를 꺼내다니.
이모가 블로그를 개설한 건 2018년의 일, 할머니의 극심한 반대를 무릅쓰고 막 독립했을 때였다. 내가 이모의 블로그를 본 건 그로부터 3년 뒤였다. 이모는 블로그 운영에 최선을 다했다. 블로그의 화사한 대문과 장문의 포스팅을 보아서는 표현이 소박하고 말수가 적은 이모를 떠올리기 어려웠다.
아니, 아니지.

이모는 거기 없었다. 블로그 속에서 이모는 오렌지색 사원증을 가진 직장인이자, 3분 카레와 불멍을 좋아하며 산에서 비바크(Biwak)까지 능숙하게 하는 캠퍼였고, 다년간의 일본 유학 시절에 사귄 친구들로부터 현지 정보를 수집해 소개하는 여행자이기도 했다.

그러니까, 죄다 거짓말.

이모의 삶이 아니었다. 이모가 오렌지색 소품들을 모으긴 했지만 출퇴근 시간이 정해진 회사에서 일한 적은 없었다. 이모처럼 지체 장애와 청각 장애를 동시에 가진 장애인을 선뜻 채용하는 회사가 없었기 때문이다. 이모가 캠핑을 가기 위해서는 최소한 두 사람 이상의 손이 필요할 테니 홀로 즐기는 비바크나 불멍이 이모의 취미가 될 수 없었다. 이모의 부엌 찬장에 채워진 레토르트 식품들만이 'CAMPER' 카테고리의 진실이었을 것이다.

그리고 일본은, 이모의 아르바이트와 관련이 있었다. 이모가 비정기적이나마 꾸준히 했던 일은 일본에서 제작된 AV의 자막을 만드는 것이었다. 그게 일어일문학을 전공한 이모의 중요한 수입원이라는 사실이 내게는 저급한 농담 같았다. 그 이야기를 엄마에게 할 때 이모는 술에 취해 있었다. 취해서, 말소리는 평소보다 더 또렷하지 않았고, 그래서 얼핏 울음소리처럼 들렸다. 깊은 밤이었고 내가 잠든 줄 알았겠지만 다 듣고 있었다. 모두 잠든 새벽까지 컴컴한 천장을 올려다보며 눈만

껌뻑거렸다. 이모가 하기 싫은 일을 싫어하면서도 할 수밖에 없다는 사실이 분했다. 이모의 청각 장애는 지체 장애만큼 정도가 심하지 않은데, 어째서 그럴듯한 책이나 영화를 번역할 수 없는 건지, 대체 왜 일이 잘 안 풀린다는 건지, 생각할수록 화가 났다.

이모의 포스팅을 하나씩 읽으면서 받쳐 오른 화도 비슷한 종류의 것이었다. 이모의 거짓말들은 이모의 욕망들이었다. 아름답지만 쉽게 부서지는 거짓의 세계. 이모는 그걸 가질 수 없다. 그 사실을 누구보다 이모가 잘 알고 있다는 사실이 슬펐다. 이모 때문에 화가 나면 슬퍼졌고 그러면 다시 화가 났다. 그날도 그랬다. 할머니와 다정하게 지낸다는 거짓말에 이르러서는 더 참을 수가 없었다.

"이모! 이게 다 뭐야!"

소리치고서 후회했다. 그럼에도 입은 또 제멋대로 움직여서,

"왜 거짓말을 하고 살아!"

말해 버렸다. 방바닥에 엎드려 배달 앱을 보고 있던 이모는 별안간 쏟아진 내 고함에 고장 난 듯 멍하니 모니터와 나를 번갈아 보았다. 잠시 그렇게 있다가 담담히 말했다.

"국물 떡볶이. 괜찮지?"

이모의 목소리와 말투가 평상시와 다르다는 걸 금세 알았다. 애써 평정심을 유지하려는 게 느껴졌다. 왜 화를 내지 않지? 이모의 비밀을 함부로 들여다본 건 명백히 나의 잘못이었

다. 그럼에도 나는 뻔뻔하게 굴었다. 이모와 싸우고 싶었던 걸까. 이모에게 무슨 말을 듣고 싶었던 걸까. 이모는 끝끝내 무덤덤했다. 잘못을 하는 것도, 열을 내는 것도, 다 내가 했다.

"떡볶이는 무슨 떡볶이야!"

문을 부술 듯이 열고 이모의 원룸에서 나왔고 그대로 집에 돌아갔다. 이모에게 사과하지 않았다. 연락도 하지 않았다. 이모의 소식은 엄마를 통해서만 간간이 들었다. 코로나 바이러스에 사람들이 어느 정도 적응해 가던 즈음이었으나 이모는 집 밖으로 나오지 않는다 했다. 아직 많이 불안한 모양이라고, 스스로를 가둬 놓고 지내는 것 같다고. 나와는 상관없는 일이야. 나는 생각했다. 확진자가 급증하면서 물리 치료실까지 문을 닫던 때에도 나의 방문만큼은 막지 않았던 이모의 마음을 그제야 알았지만, 그 마음도 오히려 짐처럼 여겨졌다. 이모도 싫고 나도 싫었다.

이모와 나는 채운사까지만 올라가기로 했다. 우리가 마지막으로 함께했던 나들이 코스와 같았다. 지금보다 조금 더 철이 없었고 힘은 있었던 나는 채운사에 들어서면서 이모에게 내기를 제안했다. 대웅전까지 먼저 도착하기 시합이었다. 나는 가파른 계단을 뛰어서 갔고 이모는 경사로를 둘러서 갔다. 누가 이겼는지는 기억이 나지 않는다. 소란을 피웠다는 이유로 연세 지긋하신 스님에게 한참 꾸지람을 들은 기억만 있다. 엄마는 멀찌감치 떨어져 일행이 아닌 척했다. 그 일들이 다 우습고 어이없어서 산을 내려오는 동안 자꾸 웃었다.

그때처럼 이모랑 다시 웃고 즐겁고, 그렇게 하고 싶었던 건 아니었다. 그저 익숙하고 한적한 무장애로(無障礙路)를 찾은 것뿐이었다. 이모가 땅의 기울기를 의식하지 않아도 되는 곳. 돌발적으로 튀어나오는 무언가를 걱정하지 않아도 되는 곳. 이모와 내가 서로를 돌보지 않아도 되는 곳. 그곳을 우리는 말 없이 걸었다. 오른편에 다솔 계곡을 끼고 이어지는 길을 걷는 동안 머리 위로 케이블카가 지나갔다. 그걸 타면 정상까지 갈 수 있다고 해서 타 볼까도 싶었지만 이모가 싫어했다.

"비겁해."

이해가 잘 안 되는 이유였지만, 걸어 보니 걸을 만했다. 아니 실은 좀 좋았다. 물소리, 새소리, 휠체어 바퀴 소리가 잘 어울렸다. 눌린 마음의 귀퉁이가 조금은 펴지는 것도 같았다. 이모가 문득 혼잣말인 듯 아닌 듯 말했다.

"안 해."

"뭘?"

"블로그."

"……."

"다른 거 해."

"……어떤 거?"

"인스타."

뭐야. 어쩌라는 거야. '팔로우'라도 하라고? 아이디 따위 묻지 않을 셈이었지만 궁금해지는 건 또 어쩔 수 없었다. 인스타그램에서는 무슨 거짓말을 어떻게 하고 있을까. 이모의 새로운 거짓말을 상상하게 되었다. 그런데, 그것은 생각보다 재미있는 일이었다. 그래, 재미가 있었다. 그때 깨달았다. 화가 나서 부글대면서도 이모의 블로그를 계속 들여다봤던 건, 재밌어서였다.

재밌었다.

이모의 바닥을 보는 게.

도대체 뭘까, 나라는 것은. 왜 나는 이것밖에 안되는 인간일까. 어째서 나는 나로 살 수밖에 없는 걸까. 스스로에 대한 익숙한 실망이 또 고개를 들었다.

나는 내게 자주 실망했다. 사실은 매일. 아니 매 순간.

사랑을 받고 싶었을 뿐이다. 더 많고 더 큰 사랑을. 가족의 사랑으로는 부족했냐고 묻는다면…… 부족했다. 나는 똑똑한 아이였고 그건 좋은 무기였다. 모두가 나를 좋아하고 쉼 없이 칭찬해 주길 바랐다. 언제나.

올 아이즈 온 미. 포에버.

그렇게 할 수 있을 것 같았고, 그렇게 될 거라 믿었다.

그리고 남은 것은,

씹뱉과 먹토.

어디서부터 잘못된 걸까? 과학고에 가지 못한 것. 외고에도 가지 못한 것. 일반고에서도 내신을 망친 것. 연애에 실패한 것. 전 남친이 거짓말을 퍼뜨린 것. 그걸 다들 믿은 것. 급식을 혼자 먹게 된 것. 동아리에서 내쫓긴 것. 불과 1년 반 만에 일어난 일이었다. 나조차도 믿기 어려웠지만 모두 사실이었다. 하지만, 그 일들만으로 지금의 나를 온전히 설명할 수 있을까?

어느 새벽 냉장고를 열었고 먹을 수 있는 것들을 쓸어 담듯이 삼켰다. 그리고 모조리 토했다. 당황스럽고 슬픈 가운데 묘한 쾌감이 올라왔다. 그날은 언제였을까. 여름이었던 것도 같고 겨울이었던 것도 같다. 모르겠다. 모른다. 모를 것이다. 언제였는지도. 왜였는지도. 어쩌면 그럴 때가 되었을 뿐인 게 아닐까. 일어날 일은 일어난다고 말한 사람이 아빠였나, 엄마였나, 선생님이었나. 음식을 정상적이지 않은 방식으로 다루는 것만이 내 마음대로 할 수 있는 일이었다. 그것만이 확실했다. 그렇게 할 때만 즐거웠다. 그리고 어디선가 들려온 말.

"쟤 몸 선이 진짜 예쁘다."

그렇게 말한 애가 누구인지도 모른다. 하지만 그 말만큼은 영원히 잊지 못할 것이다. 내게는 억겁의 세월을 건너온 칭찬이었다. 꽃이 피는 때였는지 잎이 지는 때였는지. 그 순간 이후로는 목구멍을 지나가는 모든 것이 턱살이 되고 뱃살이 되고 허벅지 살이 될 것 같아서 음식을 삼키지 않고 뱉었다. 아이들이 내게 다가오지 않아도 말을 걸지 않아도 견딜 만했다. 부러워서 그러지 다들. 내가 새벽 4시면 눈을 떠서 줄넘기 천 개를 하는 애인 줄 알면 뭐라고 하려나. 돌아올 반응을 상상하면 웃음이 나기도 했다. 웃고 나면 울고 싶어졌고 울고 나면 음식 생각을 했다. 폭식을 상상하며 기뻐하다가 마구 먹고 토했다. 그 주기는 점점 짧아지다가, 엄마에게 들켰다. 그날 엄마는 나를 붙들고 한참을⋯⋯.

흑돌을 갖고 싶다고 생각한 건 그때부터였다.

"비가 올 것 같은데."

이모가 가던 길을 멈추고 어깨를 주물렀다. 이모의 어깨 통증은 기상청보다 정확했다. 흑돌 생각에 잠겨 있던 나는 그때에야 머리 위로 먹구름이 덮이고 있는 걸 알았다. 바람도 낮고 묵직하게 불고 있었다.

"언제 오는데?"

이모에게 물었다. 이모는 어깨를 매만질 따름이었다.

"모르지. 그런 것까진."

"말해 봐. 대충이라도."

내가 들어도 이상한 말. 이모는 어이없다는 얼굴로 나를 잠시 쏘아봤다. 비와 통증. 이모를 예민하게 만드는 것.

"정 불안하면 우산이라도 구해 오든가."

내가 왜 불안해? 그렇게 대꾸하고 싶었지만 몸은 이미 달리고 있었다. 이모, 여기서 잠깐만 기다려, 같은 다정한 말은 하지 않았고 냅다 달렸다. 젖으면 안 되었다. 이모도, 이모의 휠체어도. 젖으면 고장이 난다. 쉽게, 그리고 아주 심하게.

손바닥을 연신 하늘에 펼쳐 보면서 절을 향해 달렸다. 종무소에서 우산을 빌려 볼 생각이었다. 그렇게 달려 본 지도 오랜만이었다. 달린 지 1분도 채 되지 않아서 숨이 넘어갈 것 같았다. 그렇다고 멈출 순 없었다. 입안에서 피 맛이 느껴질 즈음 절의 입구가 보였고 거기서부터는 내리막이었다. 경사가 급한 것도 아니었는데 속도를 줄일 수가 없었다. 절의 현판에 적힌 한자가 또렷하게 보이던 순간, 앞으로 고꾸라졌다. 어디서 기운이 났는지 단숨에 일어났다,고 생각했는데 다른 사람이 일으켜 준 것이었다. 스님이었다. 나와 이모를 혼냈던, 5년이 흘러 딱 그만큼 더 늙은, 길고 흰 눈썹을 가진 스님.

내가 그랬듯 스님도 나를 단번에 알아보았다. 스님은 나를 종무소에 데려가 연고와 반창고를 건넸다. 왼쪽 무릎과 팔꿈치에서 피가 흘렀다. 유리창에 빗방울이 하나둘씩 붙기 시작했다.

"혹시 남는 우산 있나요?"

내가 묻자 종무소장님이 우산 하나를 건넸다.

"남는 건 없고, 이거 내 건데……."

"꼭 돌려드릴게요. 감사합니다."

말하고 서둘러 나가려는데 스님이 나를 불러 세웠다.

"이모랑 왔어?"

그 말을 듣는 순간 왜인지 모르게 눈물이 왈칵 쏟아졌다. 스님이 내 손에 들린 우산을 가지고 밖으로 나갔다. 빗줄기가 차츰 굵어지고 있었다.

고무신을 찰박거리며 멀어지는 스님을 멍하니 보다가 따라가야 되는데, 조금 늦게 생각했다. 문을 열고 쫓아가려는 순간 무릎이 불에 덴 듯 욱신거려 주저앉았다. 소장님이 나를 의자에 앉히고 반창고를 붙여 주었다.

"3분만. 딱 3분만 앉았다 가."

반창고만 붙였을 뿐인데 덜 아픈 느낌이었다. 반창고는 원래 남이 붙여 줘야 좋아. 그래야 빨리 낫거든. 그 말은 틀림없이 이모가 했던 것. 또 눈물이 나려고 해서 자리에서 일어났다. 3분이 지났는지는 알 수 없었지만 소장님은 나를 붙잡지 않았다.

안에서 볼 때보다 빗줄기가 더 거셌다. 후텁지근한 공기 탓인지 빗속의 산이 유난히 뿌옇게 보였다. 이 세상의 풍경이 아닌 것 같았다. 왠지 모를 떨림과 설렘 속에 한 걸음 한 걸음 걷다 보니 다친 자리의 통증이 옅어졌다. 어느샌가 나는 이모와 스님을 향해 달리고 있었다. 팔다리가 부드럽게 움직였다.

잠시 뒤에 맞은 편에서 올라오는 두 사람이 보였다. 스님은 하얀색 러닝셔츠 차림으로 이모에게 우산을 씌워 주고 계셨다. 법복 저고리는 전동 휠체어 컨트롤러와 이모의 하반신을

덮은 채였다. 스님과 이모가 가까이 다가올 때까지 서서 기다
렸다. 두 사람의 표정이 밝았다. 아닌 게 아니라 먹구름이 좀
걷혀서 세상이 환해졌고 여우비가 되나 싶더니 비가 뚝 그쳤
다. 뜨듯하고 향긋한 땅김이 올라왔다. 산이 날숨을 뱉는 것 같
았다. 나도 크게 숨을 마시고 천천히 내쉬었다.

"호랑이네. 호랑이가 따로 없네."

스님이 나를 보며 말했다. 내가 어리둥절해하자 이모가 덧
붙였다.

"네 얘기 하면서 걸었거든."

스님과 이모가 빗속을 걸으며 나눈 내 이야기는 태몽이었
다. 꿈의 주인은 이모였다. 짧지만 반짝이는, 정말이지 꿈 같은
꿈. 엄마에게 말한 적은 없지만 이모는 그 꿈을 나의 태몽이라
믿는다 했다. 나도 그 꿈이 퍽 마음에 들었다. 나도 이제 태몽
있다. 마음속으로 반복해서 말해 보았다.

절에 도착하자, 스님은 우리를 곧장 절 안의 식당으로 데려
갔다. 점심을 먹기에 아직 이른 시간이라 한산했다. 승복을 입
은 아주머니 두 분이 산채 비빔밥을 내주었다. 백김치와 미역
튀각이 반찬이었다. 스님이 일부러 고추장까지 가져다주었으
나 이모와 나는 잘 먹지 못했다.

"먹는 게 왜들 그래?"

스님의 말씀에 이모와 나는 서로를 한 번 쳐다보고 어색하

게 숟가락질을 했다. 밥을 푹 뜨는 척만 하고 입에는 조금만 넣었다. 이름 모를 산새의 소리가 식당 안으로 흘러들었고 이모가 휴대폰에 뭔가를 적어서 스님에게 보여 주었다.

—밖에 나오면 먹는 게 조심스러워요. 화장실 때문에요.

이모는 슬쩍 웃었다. 희미하고 옅어서 허전한 미소였다. 내가 이모의 얼굴에서 처음 본 표정이었다. 이모가 저렇게도 웃는구나. 웃어야 해서 웃을 때 저런 얼굴이 되는구나.

"나랑 가면 되지. 뭐가 문제야?"

이모가 생리 현상을 처리하는 걸 본 적도, 도와 본 적도 없으면서 덜컥 그렇게 말했다. 무슨 자신감이었는지 몰라도 말이 망설임 없이 나갔다.

"그래, 그럼."

이모는 선선히 대답하고 밥 한술을 크게 떠서 입에 넣었다. 양 볼에 가득 찬 밥을 우물우물 씹어서 삼키고 내게 말했다.

"너도 얼른 먹어."

이모는 밥알 한 톨도 남기지 않았고 나는 절반 정도 먹었다. 어쩐지 고추장을 많이 넣는다 싶더니 이모는 식사를 마치자마자 화장실에 가야겠다고 했다. 이모의 볼일을 돕고 나서 나도 토를 하기로 했다. 화장실에 들어가 장애인 칸을 열고 이모를 정면에서 안아 일으켰다. 아니 안았다기보다는 들었다. 이모의 상반신 무게가 나를 향해 쏟아졌다. 이모도 나름대로 힘을 쓰는 중이었지만 내게 몸을 기댈 수밖에 없었다. 움직일 수 없는 하체를 변기까지 끌고 가기 위해 쓰는 이모의 힘이 내 예상보다 훨씬 강했다. 금세 등이 아파 오고 다리가 후들거렸다. 겨드랑이에 끼운 팔이 으스러질 듯 아파서 앓는 소리가 절로 났다. 절대 풀 수 없는 문제를 받은 것처럼 눈앞이 캄캄했다.

어쨌든 이모는 무사히 변기에 앉았다. 나의 도움보다는 이모의 요령 덕분이었다. 이모가 바지 벗는 것을 도와준 다음 밖에서 기다렸다. 목구멍에 손가락을 집어넣지 않아도 토가 나올 것 같았다. 지금 할까? 힘들어서라는 핑계를 대면 자연스러울 것도 같은데. 고민하는 사이 이모가 나를 다시 불렀다. 변기에 앉히기까지의 과정을 반대로 해서 이모를 휠체어에 태웠다. 하늘이 노랬다. 이걸 아무렇지 않게 하던 엄마와 할머니가 조금 존경스러웠다.

"나도 일 좀 보고 갈게."

이모에게 말했다. 이모는 먼저 법당에 가 있겠다고 했다. 이모가 멀찍이 간 걸 확인하고 변기 앞에 무릎을 꿇었다. 손가락을 목구멍에 집어넣었다. 나오는 건 침과 위액뿐이었다. 물을 너무 적게 마신 탓인지, 이모를 돕느라 애를 쓴 탓인지, 음식물이 나오지 않았다. 급작스레 불안이 몰려왔다. 좁은 화장실 칸의 사방이 나를 짓눌러 터뜨릴 것 같았다. 아니 내 몸이 화장실을 무너뜨릴 만큼 커질 것 같았다. 숨이 가빠 오고 손이 떨렸다. 심호흡, 심호흡을 해야 해. 이모가 기다리고 있어. 하지만 몸이 말을 듣지 않았다. 그때였다.

휴대폰이 울렸다. 화면 상단에 인스타그램 알림창이 떴다. 이모가 나를 '팔로우' 했다는 알림이었다.

명치가 따끔따끔 아팠다. 토를 못 해서인지 이모의 인스타그램이 신경 쓰여서인지 알 수 없었다. 가슴과 배 사이를 문지르면서 대웅전에 도착했다. 이모는 벌써 불상 앞이었다. 누가 도와줬는지 이모는 두툼한 자주색 방석 위에 엎드려 기도를 하고 있었다. 활짝 열린 중문으로 쏟아져 들어온 빛이 이모를 덮었다. 휴대 전화 카메라로 이모를 찍었다.

그리고 인스타그램을 켰다. 이모의 계정에는 피드가 하나뿐이었다. 피드 위에 '2023'이라고 제목을 붙인 스토리 모음을 눌렀다. 화면을 빠르게 두드려 모두 넘겨 봤다. '2022'도 봤다. 스토리들 중에는 거짓말인 것도 있었고 아닌 것도 있었다. 하나뿐인 피드도 눌러 봤다. 친구들로 보이는 사람들과 웃으며 (몇 명은 울고 난 얼굴이었다) 찍은 사진이었고, 그 아래에는 '멀리, 편히'라고 적혀 있었다. 나는 그 단어들을 작게 소리 내어 읽었다. 입에 잘 붙는 말들. 나지막이 몇 번 더 말해 봤다.

밖은 덥고 습했지만 법당 안은 쾌적했다. 열어 놓은 문 사이로 딱 좋을 만큼의 바람이 드나들었다. 이모는 방석 하나를 끌어다가 내게 건넸다. 푹신한 방석 위에 무릎을 꿇고 앉았다.

"너도 소원 빌어."

"없는데."

"아무거나 빌어."

"이모는 뭐 빌었는데."

"몰라도 돼."

뭐야 그게. 나는 책상다리로 고쳐 앉고서 불상을 올려다봤다. 봐도 봐도 알 수 없는 표정을 하고 계시군요. 그렇지만, 등에 닿는 바람과 햇살 때문인지 웃는 얼굴처럼 보이는 듯도 했다.

"노래 불러 줄까?"

이모가 말했다. 내가 대답하기도 전에 이모는 노래를 시작했다. 이모의 노래를 듣는 건 처음이었다. 모르는 노래였다. 허밍 같은 이모의 노래. 가사를 다 알아듣진 못했지만 듣기에 좋았다. 무척이나 좋았다. 노래를 부르는 내내 이모의 작은 손이 내 가느다란 손목을 쥐고 있었다.

대웅전에서 내려오다가 마당에 계신 스님을 보았다. 동자승들에게 우산 쓰는 법을 가르치는 중이었다. 자그마한 몸집에 맞는 우산들에는 악어와 공룡과 판다와 다람쥐가 제각각 그려져 있었다. 아이들은 낑낑대며 우산을 펴고 머리 위로 들어 올렸다가 다시 접었다. 우산 다루는 데 서투른 아이들이 재미없어요, 스님이 해 줘요, 볼멘소리를 냈다. 스님은 말을 안 들으면 햄버거를 주지 않겠다고 으름장을 놓았다. 얌전해진 아이들이 우산을 펴고 접고 다시 폈다. 이모와 나는 그 모습을 먼 발치에서 봤다. 사랑스러운 장면을 본 기분. 그런 느낌이 오랜만이라 온몸이 잠깐 간지러웠다. 스님과 눈이 마주쳤고 인사를 했다. 나는 고개를 숙였고 이모는 팔을 흔들었다. 스님은 합장으로 우리의 인사를 받아 주었다.

이제 절을 떠날 시간이었다. 그때 큰 바람이 한 번 불었다. 아이들이 펼쳤던 우산이 한꺼번에 날아갔다. 바람은 금세 잦아들었지만 아이들이 까르르대며 우산을 쫓아다니는 통에 경내가 소란스러워졌다. 다람쥐 우산이 우리 앞으로 굴러왔다. 이모가 휠체어를 움직여 우산을 멈춰 세웠고, 내가 주워서 흙을 털었다. 우산의 주인인 아이가 만면에 웃음을 띠고 달려왔다. 우산을 접어서 건네자 배꼽인사를 했다. 아이가 법복 주머니에서 뭔가 꺼내더니 내 손에 쥐여 주었다.

흑돌이었다.

내가 갖고 싶었던.

아이는 달려가서 스님의 품에 안겼고 나는 이모를 쳐다봤다. 이모가 나를 보며 미소 지었다. 나는 이모에게 말했다.

"찾았어."

이 소설은 아내가 2019년에 들려준 여행기에서 왔습니다. 햇수로 5년을 머문 이야기가 소설이 된 것입니다. 그 시간 동안, 저는 그 여행을 소설의 형식으로 써 보려 몇 번 시도했고 아내는 종종 그날의 기억과 기쁨을 말했습니다. 말하자면 저와 배우자가 함께 돌보고 보살핀 이야기가 「녹색 광선」인 것입니다. 「녹색 광선」은 누군가의 돌봄이 필요하지만 누군가를 돌볼 여력은 없는 사람들이 서로를 돌보지 않는 이야기입니다. 필요했던 건 돌봄에서 벗어나는 일을 상상할 수 있는 시간과 공간이었고요. 소설의 배경이 되는 산과 절은 아는 곳이면서도 모르는 곳입니다. 그러므로 소설 속 '나'와 이모의 걸음은 지(知)에서 미지(未知)로 나아갑니다. 이 여정은 제가 돌봄에 대하여 감각하는 바와도 닮아 있습니다. 돌봄은 제게 익숙한 일이면서도, 낯설게 갱신되는 일이기 때문입니다. 지와 미지, 익숙함과 낯섦 사이를 운동하며 완성된 이 소설은 아내의 여행기에서 꽤나 멀리 떨어져 있습니다. 그러나 '나'와 이모 앞에 검은 돌 하나가 놓이는 마지막 장면은 우연과는 거리가 멀고, 그 돌을 주고받는 손에 소설과 여행을 관통하는 마음이 담겨 있습니다. 돌봄은 저에게 여전히 어려운 질문이지만, 우리 삶에서 돌봄을 피할 수 없다는 사실이 그저 고통만은 아니길 바랍니다. 희생과 인내에서 탈주해 가는 돌봄의 홀가분한 뒷모습을 보고 싶습니다.

강 석 희

○ 이 소설의 제목은 에릭 로메르의 영화 「Le Rayon Vert」(1986)에서 빌려 왔습니다. 광학 현상의 일종으로 태양이 뜨거나 지기 직전에 태양 주변에서 아주 드물게 나타나는 광선이라는 뜻도 지닙니다.

○ 소설을 쓰며 참고한 자료는 아래와 같습니다.
—조한진희 외, 『돌봄이 돌보는 세계』, 동아시아, 2022.
—김지우, 『우리의 활보는 사치가 아니야』, 휴머니스트, 2024.
—김정현 외, 「선천성 심장질환아 아버지의 경험」, 이화여자대학교대학원, 2016.
—이진솔, 「섭식장애 환자들의 삶에 관한 내러티브 탐구」, 인제대학교일반대학원, 2022.
—김보람, 「두 사람을 위한 식탁」, 2023.

낙원

김다노

김
다
노

동화와 청소년소설을 쓴다.
끝을 만들어 가는 건 각자의 자신이라 믿고 있다.

나는 악어와 산다.

　탁. 탁. 탁. 악어가 꼬리로 바닥을 내리쳤다. 딱딱하고 울퉁
불퉁한 피부에서 온기는 느껴지지 않는다. 악어에게 닿지 않
도록 최대한 몸을 움츠리고 부엌으로 갔다.

　생닭을 꺼내 찬물로 씻었다. 악어가 뒤뚱거리며 다가왔다.
배가 고프다고 독촉하는 거다. 칼로 닭의 배를 갈랐다. 크흥.
악어가 거칠고 큰 숨을 내뱉었다.

　"아!"

　급하게 닭 내장과 지방을 제거하다 칼에 손가락을 베고 말
았다. 피 냄새를 맡은 악어 눈이 번뜩였다. 다친 손가락을 입에
물고 멀쩡한 손으로 닭을 잡아 악어 쪽으로 던졌다.

　텁! 악어가 주둥이로 닭을 받았다. 턱을 움직일 때마다 까드
득 까드득 닭 뼈 부서지는 소리가 났다. 저 소리를 들을 때마

디 숟가락으로 뇌를 긁히는 것 같다.

배를 채운 악어가 거실로 기어가 소파 아래에 자리를 잡았다. 악어는 한쪽 눈을 뜨고 잔다. 최대한 소리를 내지 않으며 집을 나왔다.

"안녕."

옆집 사람이 도어 록을 누르다 내가 나오자 손을 허공에 멈췄다. 이 도시에서 우리 집 사정을 가장 잘 아는 사람일 거다. 우리 아파트는 벽이 얇아 집 안 소음을 고스란히 옆으로 전달했다. 그런데도 저 사람은 나를 만날 때마다 안녕하냐고 물었다. 나는 고개를 숙여 인사하고 서둘러 아파트를 빠져나왔다.

도시 한가운데에는 누구나 볼 수 있게 커다란 전광판이 높이 서 있다. 그날의 주요 뉴스나 오늘의 날씨, 교통 상황 같은 것들을 내보낸다.

몇 년 전부터 전광판에는 악어가 공공장소에서 사람들에게 위협을 가했다는 뉴스가 심심찮게 나왔다. 그럴 때마다 사람들은 악어의 동거인에게 불만을 표출했다. 위험한 존재를 제어하지 못해 애꿎은 사람들이 피해를 본다는 거다.

'나도 내가 원해서 같이 사는 게 아닌데.'

이런 생각을 소리 내어 말한 적은 없다. 누군가에겐 염치없는 변명으로만 들릴 것 같았다.

도망친 곳에 낙원은 없다.

전광판 단골 광고다. '낙원'은 요즘 가장 화제인 클리닉이다.

하얀 가운을 입은 구원일 조련사가 쩍 벌린 악어 입속에 자신의 머리를 집어넣고 해맑게 손을 흔들고 있었다.

'함께 살지 못할 악어는 없다.', '악어도 악어로 사는 게 처음.', '악어에겐 악어새가 필요하다.' 등의 문장 뒤로 펼쳐지는 낙원클리닉 방책에 사람들은 열광했다. 아무리 흉포한 악어도 조련사가 지도함에 따라 순화되는 장면은 의학이나 과학보다 마법에 가까워 보였다.

나도 낙원클리닉에 연락해 본 적이 있다. 엄청나게 많은 돈이 필요하다는 사실만 알아냈을 뿐이다. 부자도 나와 같은 고민을 한다는 게 유일하게 얻은 위로였다.

"저거 웃기지 않냐?"

언제 왔는지 옆에 나와 비슷한 나이로 보이는 남자애가 서 있었다. 키도, 덩치도 곰처럼 컸다. 남자애는 자신만큼이나 무거워 보이는 가방을 메고 있었다.

"너, 피나."

남자애가 내 손가락을 가리켰다. 왜 반말이야?

"알아."

소심하게 대꾸했다.

"따라와. 치료해 줄게."

전광판으로 시계를 확인했다. 병원은 문을 닫은 시각이었다. 이미 저만치 앞에 있는 남자애를 거리를 두고 따랐다.

도착한 곳은 고개를 한참 들고 올려다봐야 하는 높은 건물 앞이었다. 넓적하고 단단한 돌에 '닉원빌딩'이라고 새겨 있었다. 방금 전에 전광판에서 본 낙원클리닉이 있는 곳이었다.

"여기가 아니고, 저기."

남자애가 맞은편에 있는 낡은 단층 건물을 가리켰다. 길 하나를 사이로 왼쪽과 오른쪽이 다른 세상이었다. 간판에는 문장 부호로 쉼표 하나만 덩그러니 있었다.

"가자."

남자애가 이번에도 먼저 성큼 안으로 들어갔다.

"왜 이렇게 오랜만이야?"

안에서 여자가 반겼다. 여자는 나를 보고 약간 놀란 표정을 지었다.

"친구?"

"선생님, 애 손가락 좀 봐 주세요."

남자애가 네 명이 겨우 껴 앉을 수 있을 만큼 작은 탁자에 가방을 올렸다. 퍽. 둔탁한 것이 부딪치는 소리가 났다. '선생님'이라고 불린 여자가 구급상자를 가져와 상처를 소독하고 지압한 뒤 붕대로 감았다.

"악어한테 물린 거 아니에요?"

남자애가 한 말에 흠칫했다. 모두가 나와 사정이 같지 않다는 걸 안 뒤로 집에 악어가 있다는 얘기는 하지 않았다. 가끔 몇몇 친구들에겐 모든 걸 말하고 싶은 충동이 들기도 했지만 상대를 불편하게만 할 것 같아 참았다.

"그런 상처로는 보이지 않는데, 혹시 악어와 관련이 있을까?"

"여기선 솔직하게 말해야 해. 안 그럼 네 손해야."

여자와 나 사이에 남자애가 불쑥 끼어들었다.

"말 좀 예쁘게 하자."

"왜요. 선생님도 나 처음 왔을 때 비슷하게 말했으면서요, 뭐."

"내가 그랬나?"

여자가 멋쩍은 웃음을 지었다.

"언제든 하고 싶은 말이 있으면 찾아와. 그냥 쉬러 와도 돼."

여자가 빳빳한 명함을 내밀었다. '쉼표 대표 나도영'이라고 쓰여 있었다.

"치료비는……."

내가 어정쩡하게 서 있자 남자애가 다가왔다.

"뭐 그런 거에 돈을 내냐. 넌 이름이 뭐야?"

자기가 한 것도 아니면서 생색을 내고 있었다. 일단 도움을 받았으니 이름 정도는 알려 줘야 할 것 같았다.

"장해요."

"뭐야, 이름 진짜 이상해."

나는 눈썹을 추켜세우고 남자애를 쳐다봤다.

"네 이름은 뭔데?"

"황라마."

나보다 더 이상한 이름이라 용서해 주기로 했다.

"엄마!"

집 근처에서 마주친 엄마는 검은색 정장을 입고 초록색 장바구니를 들고 있었다. 나는 엄마를 향해 뛰었다.

"이제 출장 끝난 거야?"

"다쳤어?"

엄마가 걱정하는 표정을 지은 것만으로도 괜찮아진 것 같았다.

"별거 아니야."

다친 손을 등 뒤로 돌리고 다른 손으로 장바구니를 뺏어 들었다. 안에는 각종 생고기가 가득했다. 이제 악어와 둘이만 있지 않아도 된다.

악어도 오랜만에 만난 엄마가 반가운지 고기를 손질하는 엄마 옆에 내내 붙어 있었다. 엄마의 콧노래에 맞춰 꼬리를 흔들기까지 했다. 이럴 땐 악어가 다정한 동물이 아닐까 헷갈리기도 한다. 그래 봤자 잠깐이지만.

"장해요, 경찰 불러!"

새벽에 엄마가 소리를 질렀다. 설핏 들었던 잠이 번쩍 깼다. 침대에서 튀어나와 거실 전화기를 향해 달렸다. 안방에서 악어와 엄마의 소리가 섞여 나왔다.

"엄마, 괜찮아? 문 열어 봐!"

내가 말하자 오히려 안에서 문을 걸어 잠갔다. 문을 두들기는 것 외에 할 수 있는 게 없었다. 경찰이 오고서야 소란이 겨우 멈췄다.

"신고하실 건가요?"

경찰은 이미 우리 집에 악어가 산다는 걸 알고 있다. 이런 식으로 오간 게 처음이 아니니까. 엄마는 늘 그랬듯 고개를 저었다. 젊은 경찰이 나를 딱하다는 눈으로 쳐다봤다. 무책임한 동정심은 해결책이 아니다.

경찰이 오면 악어는 눈을 내리깔고 꼬리에 힘을 뺐다. 엄마가 경찰에게 바라는 건 딱 이 정도다. 악어를 잠깐 멈추게 하는 것. 그러니 비슷한 일은 언제든 다시 일어날 것이다.

"이제 괜찮으니 얼른 자."

엄마가 지친 얼굴로 나만 남겨 두고 안방으로 들어갔다. 괜찮아진 건 아무것도 없었다. 이불 속에서 최대한 몸이 작아지게 웅크리고 눈을 감았다.

전날이 어떠했든 아침은 온다. 엄마는 부은 얼굴로 일을 하러 갔다. 나는 집을 청소하고, 악어에게 먹이를 주고, 수조에 적절한 온도의 물을 채웠다. 악어의 기분이 좋아 보일 때를 틈타 집을 나왔다.

국민 해결사 구원일 조련사의 「악어와 산다」 100회 특집, 지금 참가 신청하세요.

전광판은 도시 어디서든 잘 보인다. 낙원클리닉 광고 아래 긴급 속보처럼 노란색 자막이 흘러가고 있었다.

'당첨되면 무료겠지?'

주머니에 손을 찔러 넣으니 쉼표 나도영 선생님이 준 빳빳한 명함이 닿았다. 모서리를 문지르다 어제 횡라마와 걸은 길로 향했다.

낙원과 쉼표 사이에 잠시 서 있었다. 망설이다가 낙원빌딩으로 들어갔다. 로비는 넓고 쾌적했고 대리석 바닥은 밟고 있는 게 미안할 정도로 깨끗했다.

"무슨 일로 오셨어요?"

머리카락 한 올 삐져나오지 않게 묶은 안내원이 물었다.

"낙원클리닉……."

"예약은 하셨고요?"

아무나 쉽게 들어갈 수 있는 게 아닌 모양이었다.

"참가 신청……."

"잘 안 들려요. 다시 말씀해 주시겠어요?"

안내원이 미소를 잃지 않고 물었다.

"무슨 일이에요?"

흰 가운을 입은 구원일 조련사가 엘리베이터에서 내려 이쪽으로 오고 있었다. 옆에 경호원과 비서와 카메라를 든 사람이 붙어 있었다. 카메라가 급하게 나를 향했다. 얼른 손바닥으로 얼굴을 가렸다. 구원일 조련사가 붕대 감은 내 손을 유심히 보고 있었다.

"이 학생이 뭐를 신청한다는데요."

"「악어와 산다」 특집 말이구나?"

구원일 조련사가 물었다. 말투, 눈빛, 몸짓과 손짓까지 모두 방송에서 보던 그대로였다.

"연락처 받아 놓으세요. 내가 전화할게."

조련사가 빠르게 건물을 나섰다. 바로 앞에 대기하고 있던 자동차가 조련사와 사람들을 태우고 골목을 빠져나갔다. 반듯한 차의 뒷모습을 보자 폐 속으로 신선한 바람이 들어차는 것 같았다.

"너, 왜 거기서 나오냐?"

낙원빌딩 앞에서 라마와 딱 마주쳤다. 어제와 같은 옷차림에 가방까지 그대로였다. 사실 나도 변한 건 없으니 우리 둘 다 처음 봤을 때와 같은 꼴이었다.

"배고프다."

딴소리를 했다.

"왜 굶고 다니고 그래? 얼른 가서 뭐라도 먹자."

라마가 걱정스러운 표정을 지어 조금 미안해졌다. 라마를 따라 쉼표로 들어갔다.

"와, 타이밍 딱 맞추네."

나도영 선생님과 짧은 머리를 한 여자애가 숟가락이 꽂힌 컵밥을 들고 있었다.

'아는 얼굴인데.'

여자애를 요리조리 뜯어봤다. 처음 보는 건 아닌데 어디서 봤는지 기억이 나지 않았다.

"호키라고 불러 줘."

나도영 선생님이 컵라면 뚜껑을 뜯는 동안 여자애가 숟가락과 젓가락을 챙겨 내밀었다.

"또 이상한 이름 쓴다."

"뭐 어때요. 지금은 이게 마음에 드는데."

여자애가 장난스럽게 웃었다.

우리는 함께 밥과 라면을 나누어 먹고 탁자를 치우고 설거지를 했다. 별거 아닌 식사지만 아무런 눈치 보지 않고 마음 편히 먹었다는 것만으로도 충분했다.

호키는 사물함에서 공책 한 권을 꺼내 와 진지하게 무언가를 쓰기 시작했다. 라마가 근처에서 얼쩡거리자 호키가 눈을 흘겼다.

"훔쳐보지 마라."

"아직도 애처럼 일기 쓰냐?"

"일기 아니고 기록. 나중에 '생존자 노트'라고 책으로 낼 거야."

입을 앙다문 호키는 집중하는 얼굴이 됐다. 선생님이 방해하지 말라는 듯 눈짓하자 라마가 내게 "산책이나 가자." 하고 속삭였다.

건물 뒤편으로 걸으니 숨겨 놨던 것처럼 작은 산이 나타났다. 라마가 자연스럽게 입구로 향했다. 안으로 들어가자 공기가 시원해졌다. 깊게 숨을 들이마셨다.

"효, 아니 호키는 물음표에 살아."

'물음표'라니, 뭔지 가늠조차 할 수 없는 이름이었다.

"그게 뭔데?"

"우리 같은 애들이 나와서 살 수 있는 곳. 쉼표에 다니고 상담하다가 원하면 물음표로 옮길 수 있어. 적게 먹고 좁게 살아야 하지만 뭐, 집보다 낫지."

라마가 말한 '우리 같은 애들'이라는 건 악어와 함께 사는 아이들일 거다. 라마가 그렇다는 건 예상했지만 호키는 의외였다. 딱히 불만이나 불안이 있는 것처럼 보이지 않았는데. 어쩌면 나도 밖에선 호키처럼 보이는 거 아닐까? 이런 생각이 들자 걸음이 한결 가벼워졌다.

"근데 남 얘기를 허락도 없이 해도 돼?"

혹시나 내 얘기도 어디서 하고 다닐까 싶어 일부러 날카롭게 물었다. 라마가 눈을 휘둥그레 뜨고 나를 돌아봤다.

"너, 호키가 악어랑 살았다는 걸 몰랐어?"

'내가 어떻게 알아.'

라마는 기다란 나뭇가지를 주워 공중에 휘둘렀다.

"너도 물음표에 살고 있는 거야?"

"남자들 물음표는 몇 개 없어. 자리 날 때까지 기다리는 중."

나는 라마의 넓은 등짝을 바라봤다. 아무것도 짊어지지 않은 때도 가방을 메고 있는 것처럼 어깨가 처져 있었다.

"그럼 지금은 어디 있는데?"

"뭐, 여기저기."

"여기저기, 어디?"

"친구네 집이나, 선생님 집이나……."

"부럽다. 친한 친구 많은가 보네."

진심이었다. 적어도 악어와 산다는 걸 말할 수 있는 상대가 있다는 거니까.

"……길에서 잘 때도 있고."

라마가 앞을 본 채 작은 소리로 말했다.

"안 무서워?"

"그런 게 뭐가 무서워. 진짜 무서운 거에 비하면 하나도 안 무서워."

"진짜 무서운 게 뭔데?"

라마가 뒤돌아 나를 향해 섰다. 해그림자 때문에 얼굴이 보이지 않았다. 나는 라마가 나처럼 악어에 밟히거나, 악어에 받히거나, 악어에 물리는 게 무섭다고 말하기를 기대했다.

"언젠가 나도 악어가 되는 거. 그게 제일 무서워."

상상하지 못했던 대답이 돌아왔다. 라마는 다시 앞장서 걸었다. 허공에 나뭇가지를 내리치는 소리만 획획 울렸다.

집에 돌아가니 엄마가 거실에서 전화를 받고 있었다. 전화
선은 악어가 여러 번 씹어 너덜너덜했다. 엄마는 통화 내내
"네, 네? 네……." 같은 소리만 반복하다 "다시 연락드리겠습니
다." 하고 끊었다.

"늦지 않게 저녁밥 챙기랬지."

엄마가 싸늘한 말투로 말했다. 내가 식사를 했는지보다 악
어가 배를 채웠는지가 엄마에겐 더 중요해 보였다. 나는 집에
오는 내내 악어와 둘이 있을 엄마를 걱정했는데.

"죄송해요."

악어는 소파 아래 엎드려 맥주와 육포를 쌓아 두고 영화를
보고 있었다. 1975년에 개봉한 「죠스」는 악어가 제일 좋아하
는 영화다. 얼마나 많이 봤는지 상어가 등장하는 타이밍을 모
두 외울 정도였다.

텅. 악어가 앞발로 빈 맥주 캔을 찼다. 저렇게나 마셨는데도
아직 부족한 모양이었다.

"마트 다녀오자."

엄마가 내 팔을 잡아끌었다.

엘리베이터 안이 엄마 냄새로 가득 찼다. 엄마는 숫자 판만
봤다. 망설이다가 엄마 옆에 붙어 팔짱을 꼈다. 아파트를 나오

자 엄마가 입을 열었다.

"네가 신청했어? 「악어와 산다」?"

아까 그 전화가 낙원클리닉으로부터 온 거라는 건 느낌으로 알고 있었다.

"……응."

"거기 나가면 사람들이 다 알게 되지 않겠니?"

오래된 기억이 떠올랐다. 초등학생 때 일기장에 엄마가 집 나간 걸 썼다. 그때의 내게 그보다 더 큰일은 없었기 때문에 다른 건 쓸 수 없었다. 일기장을 검사한 선생님이 빨간 펜으로 '어떡하니.'라고 네 글자를 써 주었다. 집으로 돌아온 엄마가 일기를 박박 찢으며 말했다.

"다시는 이런 걸 쓰지도, 그리지도 마."

나는 그 뒤로 모든 일기를 거짓말로 썼다. 소박하고 소소한 행복을 상상해 채웠다. 더는 일기 숙제를 하지 않아도 될 나이가 되자 상상력마저 동이 났다.

"우리가 거기 나갈 정도는 아니잖아."

엄마는 진심으로 그렇게 믿고 있는 듯했다.

"엄마는 모자이크 처리해 달라고 할게."

간절함이 엄마에게 닿기를. 나는 기도하는 마음으로 전광판 속 구원일 조련사의 얼굴을 올려봤다.

구원일 조련사 방문 일정이 잡히자 엄마는 집을 쓸고, 닦고,

짐을 버리고, 사 들였다. 나는 엄마가 시키는 대로 부드러운 솔로 악어의 피부를 문질렀다. 악어는 그걸 즐길 때도, 성을 낼 때도 있었는데 딱히 기준을 모르겠어서 알아서 조심하는 수밖에 없었다.

"촬영이 내일이라고?"

나도영 선생님은 내가 「악어와 산다」에 나간다는 걸 그다지 반가워하지 않는 듯했다. 라마도 팔짱을 낀 채 나를 쳐다보고 있었다. 두 사람에게 섭섭함을 넘어 약간의 배신감까지 느꼈다.

"좋은 결과가 있으면 좋겠다. 혹시 내가 도울 일 있으면 언제든 연락하고."

나도영 선생님은 희미하게 웃어 보였다.

"너, 그거 찍는다는 거 호키한텐 말하지 마."

라마가 딱딱하게 말했다.

"내가 방송 나가는 게 호키랑 무슨 상관인데?"

나도 말투가 뾰족해졌다.

라마 눈썹 끝이 아래로 처졌다. 우리 집에 자주 오는 경찰의 것과 닮아 있었다. 덜컹 심장이 내려앉는 것 같았다. 언제나처럼 행운이 비껴갈 것 같은 불안에 휩싸였다.

'제발 그렇게 쳐다보지 말아 줘.'

"몰랐구나. 호키가 「악어와 산다」 1회 출연자였다는 거."

생각지도 못했던 말이었다. 일기를 쓰면서 기록이라 말하고 '생존자 노트'라 이름 짓겠다고 했던 호키가 떠올랐다.

"호키 지금 물음표에서 지낸다고 하지 않았어?"

라마가 고개를 끄덕였다. 그때 나도영 선생님이 큰 소리로 라마를 불렀다.

"남자 물음표에 자리 났대! 내일 바로 들어와도 된대!"

순식간에 라마 표정이 변했다. 눈은 금방이라도 울 것 같은데 입은 웃고 있었다. 등에 메고 다녔던 짐을 내려놓은 듯 홀가분한 얼굴이었다. 라마는 주먹을 꼭 쥐고 한참 바닥을 보더니 고개를 들고 나를 향해 말했다.

"행운을 빌게. 진심이야."

분명 라마에게도, 내게도 좋은 일이 생긴 건데 이상하게 마음이 복잡했다.

엄마는 악어에게 내일 우리 집에 올 사람들에 대해 설명하기를 꺼렸다. 말보다는 직접 보는 게 나을 것 같아 셋이 「악어와 산다」 1회를 시청했다. 당연한 말이지만 그때의 호키는 지금보다 작고 어렸다. 반대로 구원일 조련사는 지금이 더 젊고 생기 있어 보였다.

우리가 본 50분짜리 화면 속에서 호키네 악어는 막판에 순한 양처럼 길들여졌다. 구원일 조련사가 입으로 "쉭!" 소리를 내면 악어는 꼬리를 내리고 느릿느릿 정해진 공간에 들어갔다. 심기가 뒤틀린 듯 크게 입을 벌려도 "어허, 그만!" 한마디에 바로 다물었다.

"오늘부터 팔다리 쭉 뻗고 잘 수 있을 것 같아요."

어린 호키가 또박또박 말하자 어른들이 웃으며 박수를 쳤다. 행복한 결말이었다. 모니터 속은 밝고 안전해 보였나.

'그런데 지금은 왜 물음표에 살고 있을까.'

텔레비전을 끄고 일찌감치 잠자리에 들었다. 모처럼 악어가 아무것도 하지 않는, 조용한 밤이었다.

이른 아침부터 방송국 사람들이 도착했다. 엄마는 미리 준비한 초계 국수를 사람 수에 맞게 떠 놓았다. 다들 카메라와 마이크, 조명 등을 설치하느라 분주했다. 계절에 맞지 않게 두꺼운 옷을 입고 장화를 신은 이유가 악어 때문이라는 건 바로 알았다. 나는 악어 곁을 떠나지 않았다. 혹시나 악어가 흥분하거나 성을 내면 말리진 못해도 먼저 물리는 사람은 될 수 있을 테니까.

"구원일 조련사님 오십니다."

카메라가 일제히 한쪽으로 돌았다. 조련사가 언제나처럼 하얀 가운을 입고 등장했다. 지난번에 본 경호원과 비서도 함께였다.

"여기 사인 부탁드립니다."

비서가 엄마에게 서류를 건넸다. 오늘 촬영한 것을 어떻게 사용하든 동의하겠다는 내용이었다. 엄마는 이제 와서 무를 수 없으니 어쩔 수 없다는 얼굴이었다. 엄마가 종이에 펜을 한 번 찍더니 비서에게 물었다.

"저는 모자이크 해 주는 거 확실하죠?"

촬영은 대략 세 단계로 이루어진다고 했다. 첫째, 악어를 관찰해 문제점 파악. 둘째, 구원일 조련사의 맞춤 해결책 제공. 셋째, 가족이 함께 훈련하고 익히기.

"이 학생 손이 잘 나오게 찍어 주고요."

구원일 조련사가 붕대 감은 내 손을 가리켰다. 이미 상처는 거의 나았지만 붕대를 풀지 말라는 전화를 받고 새로 감았다.

수월할 것 같았던 촬영은 처음부터 난관에 부딪쳤다. 악어가 꼼짝도 하지 않는 것이다. 배가 고플 시간인데도 평소처럼 밥을 달라고 보채거나 거칠게 집 안을 돌아다니지도 않았다. 콧등에 나비라도 앉힌 듯 고요하게 엎드려 있었다.

"원래 이래요?"

제일 큰 카메라를 잡은 아저씨가 난감하다는 듯 나를 쳐다봤다. 언제나처럼 속을 알 수 없는 악어 때문에 나는 아무 대답도 못했다. 악어는 늘 자기 하고 싶은 걸 할 뿐이었다.

"자극을 좀 해 보죠."

카메라맨이 말하자 스태프가 머뭇거리며 앞으로 나왔다. 가늘고 딱딱해 보이는 긴 막대로 꼬리 옆을 탁탁 쳤다. 악어가 움찔하며 눈동자를 스윽 굴렸지만 그뿐이었다.

"저녁에 뉴스 출연 있는데."

구원일 조련사가 손가락으로 자신의 손목시계를 톡톡 두들겼다. 스태프가 막대기로 악어 꼬리를 틱 건드렸다. 그래도 악어가 꼼짝 않자 강도는 조금씩 세졌다. 그제야 악어가 입을 쩍 벌렸다.

"어, 어, 어!"

스태프가 허둥대다 바닥에 미끄러져 뒤로 발랑 넘어졌다. 악어는 제자리에서 겔겔 웃는 표정을 지었다.

비슷한 일들이 반복되며 시간이 지루하게 흘렀다. 악어가 긴 하품 끝에 느릿느릿 안방으로 들어갔다. 밖에서 사람들이 무슨 짓을 해도 모습을 보이지 않았다. 식탁 위 초계 국수는 퉁퉁 불어 있었다.

"여기서는 분량 뽑기 어려울 것 같은데요."

누군가 말하자 나머지 사람들도 동의하는 눈치였다. 사람들이 미련 없이 장비를 챙겼다.

"다시 오겠습니다."

구원일 박사가 엄마 손을 잡고 말했다. 오늘은 날이 아닌 것 같다고, 악어는 언제든 이곳에 있을 테고, 자신은 도움이 필요한 사람들 곁에 있다고 덧붙였다.

구원일 조련사를 선두로 사람들이 빠르게 빠져나갔다. 집 안 여기저기 사람들의 발자국이 남았다. 엄마와 나는 식탁에 앉았다. 엄마 입술이 허옇게 말라 있었다.

"차라리 잘된 거야. 방송 나가면 전 국민 앞에서 망신당하는 건데."

나는 대답 없이 퉁퉁 불은 국수를 입에 욱여넣었다.

며칠 내내 비가 내렸다. 갈 데가 없어 집에 있는 시간이 길어졌다. 창문 밖으로 머리를 내밀고 이 도시에서 갈 수 있는 가장 먼 곳이 어디인지 내다봤다. 빽빽한 아파트들에 막혀 하늘조차 조각나 있었다. 이토록 많은 사람들이 모여 사는데 이렇게나 서로의 안녕을 모른다.

구원일 조련사가 다녀간 뒤 악어는 얌전해졌다. 거실에 나오지도 않고 안방에서 시간을 보냈다. 그 덕에 편했지만 동시에 불편했다. 턱. 턱. 턱. 방 안에서 들려오는 소리는 애써 외면했다. 악어의 발이나 꼬리가 바닥에 부딪치는 소리라고 생각하고 말았다. 무기력은 호기심을 이긴다.

냉동실이 텅 비었다. 며칠 장을 보지 않았더니 그새 고기가 동났다. 악어의 식사 시간까지는 한 시간가량 남아 있었다. 가까운 마트에서 급한 대로 사 오면 될 것이다.

"아빠."

안방 문 앞에서 작게 불렀다. 안에서는 계속 같은 소리만 들렸다. 손잡이를 잡았다. 어릴 때 이후로 이 방에 들어간 적은 없다. 오른쪽으로 돌리니 저항 없이 문이 열렸다. 나는 틈새로 안을 살폈다.

턱. 턱. 턱. 악어는 뒷발로 일어나 있었다. 긴 막대기를 들

고 허공에 휘두르며. 「악어와 산다」 촬영팀이 두고 간 막대기
였다. 악어는 보이지 않는 상대를 내리치고, 찌르고, 후려쳤다.
진지하면서도 신난 몸짓이었다.

조용히 문을 닫고 물러섰다. 쏟아지는 빗소리가 귀에 울렸
다. 오소소 소름이 돋고 몸이 떨렸다. 몸살이 올 것 같았다. 방
에서 제일 먼저 손에 잡히는 옷을 걸치고 밖으로 나왔다. 우산
까지 챙길 여력이 없었다.

비에 젖은 옷이 몸 여기저기 달라붙었다. 전광판에서는 「악
어와 산다」 100회 특집 예고편이 나왔다. 악어 등에 올라탄 아
이가 활짝 웃고 있었다.

발길 닿는 대로 걷다 보니 낙원빌딩과 쉼표 사이였다. 검은
색 승용차가 미끄러지듯 와 내 옆에 섰다. 운전석에서 내린 사
람은 구원일 조련사의 비서였다. 비서가 파라솔만 한 우산을
들고 뒷좌석 쪽으로 갔다. 조련사는 비 한 방울 맞지 않고 빌
딩 안으로 들어갔다. '다시 오겠다'던 조련사는 나를 알아보지
못했다. 조련사가 데리러 오기라도 할 것처럼 한참을 그 자리
에 서 있었다.

"해요, 왔으면 들어오지. 왜 여기 서 있어."

나도영 선생님이 우산을 내 머리 위로 들고 있었다. 나 때문
에 선생님도 젖고 있었다.

"이미 소용없어요."

내가 우산을 밀어도 선생님은 꼼짝하지 않았다.

"더 안 나빠지려고 하는 거야."

선생님은 피로를 짊어진 사람 같았다. 피부는 푸석하고 눈 밑은 거뭇했다. 얼굴 군데군데 버짐이 피어 있었다.

선생님도 「악어와 산다」 예고편을 봤을까. 내가 방송에 출연할 거라고 알고 있었는데, 어떻게 된 건지 안 궁금할까. 막연하게 들떠 있었던 과거의 내가 부끄럽고 한심했다.

"들어가자. 호키도 와 있어."

여길 올 때마다 누군가의 손에 의해서였다. 적어도 내 발로 온 건 아니라는 사실을 얄팍한 위안 삼았다. 라마와 호키에 비해 나는 아직 괜찮은 거라는, 우스운 자부심이었다.

"우산 없었어요?"

호키가 헐레벌떡 나와 선생님에게 수건을 내밀었다. 우리가 몸을 닦는 동안 호키는 주전자에 물을 올리고 찻잔에 꽃잎을 넣었다. 뜨거운 물을 붓자 꽃봉오리가 활짝 피었다. 꽃차를 마시자 몸 안팎으로 천천히 온도가 올랐다. 그제야 쉼표 안 모습이 눈에 들어왔다.

"또 일기 쓰고 있었어?"

내가 묻자 호키는 종이를 들어 팔랑였다.

"편지. 라마에게."

"남자 물음표는 전화가 안 돼?"

호키가 곤란하다는 얼굴로 나도영 선생님을 쳐다봤다. 선생님은 입안에 차를 한참 머금고 있다가 꿀꺽 삼켰다.

"라마는 지금 격리소에 있어. 집에 짐 챙기러 갔다가 일이 좀 있었거든."

"설마, 악어한테 물렸어요?"

우리 집 악어가 막대기를 휘두르던 모습이 떠올라 손이 떨렸다. 컵 안에서 꽃이 파르르 흔들렸다.

"반대. 라마가 악어를 물었어."

무슨 소리인지 한참을 생각해야 했다. 물린 게 라마가 아니라 악어라니, 안심해야 할 상황인지 아닌지 모르겠다. 숲에서 라마가 악어가 될까 봐 무섭다고 한 게 떠올랐다.

"정당방위야. 가만있었으면 라마가 당했을 거야."

"물린 데도 겨우 꼬리야. 어차피 다시 자랄걸, 지겹게도."

"걱정 마. 무사히 돌아올 수 있게 최선을 다할 테니까."

호키와 선생님이 번갈아 가며 말했다.

'라마는 달라. 라마는 악어가 아니야. 악어가 되지도 않을 거고.'

라마에게 편지를 쓰고 싶어졌다. 호키에게 편지지를 몇 장 달라 했다.

"「악어와 산다」 말이야."

호키가 편지지 묶음을 펼쳐 보이며 말했다.

"그거 한 번 했다고 바뀌진 않더라고. 버티라 하는데 그러기 싫더라."

호키가 민망한 듯 웃었다.

"나, 한심하지?"

호키가 물었고, 나는 당연히 고개를 저었다.

"장해요. 악어만 두고 어딜 다녀와?"

엄마가 흰자 가득한 눈으로 나를 쳐다봤다.

악어는 아무 일 없었다는 듯 금이 간 모니터로 「죠스」를 보고 있었다. 악어 옆에 막대기가 놓여 있었다. 빠밤. 빠밤. 빠밤 빠밤. 상어가 나타나기 직전엔 늘 같은 배경 음악이 흘러나온다. 그나마 상어는 예고라도 하는 편이다.

악어가 안방으로 들어가고 엄마와 나는 집을 청소했다. 아무리 치워도 돌이킬 수 없는 것들도 있었다. 한기가 오르고 몸이 무거웠다.

"오늘은 이만 잘래요."

엄마 대답을 기다리지 않고 방으로 들어가 문을 잠갔다. 몸이 비와 땀으로 젖었지만 씻을 엄두가 나지 않았다. 이불 속으로 기어들었다. 누군가 깊은 늪으로 당기는 느낌이었다.

"해요, 일어나."

내 몸을 흔드는 손에 눈을 떴다. 어둠에 익숙해지자 앞에 서 있는 사람이 보였다.

"엄마?"

"얼른 나가자."

엄마가 내 팔을 잡아끌었다.

"어딜?"

물어보면서도 나는 바로 겉옷을 걸쳤다. 엄마는 나를 물끄
러미 바라보다 낮은 목소리로 말했다.

"여길 떠나는 거야."

심장이 빠르게 뛰었다.

엄마와 함께 집을 나왔다. 옆집은 언제나처럼 조용했다. 엘
리베이터를 탔다. 평소보다 속도가 너무 느려 질식할 것 같았
다. 일 층에 도착해 밖으로 나오니 그제야 숨통이 트였다.

"어디 가는데?"

엄마는 대답 없이 성큼성큼 걸었다. 엄마를 쫓느라 쉬지 않
고 다리를 움직여야 했다. 도착한 곳은 쉼표 뒤에 위치한 산이
었다. 라마와 함께 오른 곳.

"나 여기 알아."

산을 둘러싼 공기는 어둡고 축축했다. 내가 옷을 여미자 엄
마가 겉옷을 벗어 덮어 주었다.

'따뜻하다.'

엄마 냄새를 잔뜩 맡았다.

"이제 여기서 둘이 사는 거야."

"악어는 두고?"

"응. 악어는 두고."

"우리 둘이서만?"

"응. 우리 둘이서만."

몇 번이나 묻고, 또 물었다. 엄마는 그때마다 같은 대답을 해 주었다.

우리는 도시로부터 떨어져 나가듯 산으로 몸을 밀어 넣었다. 안은 전광판 빛이 닿지 않아 잠처럼 어두웠다. 엄마는 신이 난 어린애처럼 통통 뛰었다. 조용한 숲에서 엄마 콧노래가 울렸다.

"그런데 악어가 우릴 따라오면 어떡하지?"

내가 묻자 엄마가 흥얼거림을 멈췄다. 엄마는 앞만 본 채 대답했다.

"그럴 수 없을 거야. 악어는 산에 와 본 적이 없거든."

"그래도 어떻게든 찾아오면 어떡해?"

나는 자꾸만 뒤를 돌아봤다.

"그땐 더 멀리 가면 되지. 우리 둘이서만 사니까 아주 적게 먹고 아주 좁게 살면 될 거야."

나는 고개를 끄덕였다. 엄마 말 중 틀린 건 하나도 없었다.

우리는 두 마리 산짐승처럼 산을 오르고 또 올랐다. 라마와 왔을 땐 아주 야트막했는데 오늘은 가도 가도 끝이 없었다. 높으면 높을수록 좋았다. 그래야 악어가 우릴 찾지 못할 테니까.

비가 내리기 시작했다.

"엄마, 비가 너무 많이 와."

도시는 높이 솟아 있는 전광판만 빼고 모든 것이 잠겨 있었다. 산에도 물이 올라 발끝에서 찰랑였다. 흙탕물이 우릴 잡아먹을 듯 튀어 올랐다.

"빨리 가자, 더 빨리!"

엄마가 뛰었다. 따라가려는데 몸이 너무 무거웠다. 푹 젖은 솜옷을 입고 있는 것 같았다.

오르막길에서 미끄러져 넘어진 그 순간 보고야 말았다. 두 눈을 물 밖에 내밀고 서서히 헤엄쳐 다가오고 있는 악어를. 빠밤. 빠밤. 빠밤빠밤빠밤. 초록이 섞인 노란색 동공에 세로로 긴 검은 눈동자가 내 발목을 향해 있었다.

"엄마, 나 좀 잡아 줘!"

소리를 질렀으나 악어가 더 빨랐다. 악어는 물 위로 올라와 땅에 앞발을 올렸다. 그 뒤로는 순식간이었다. '물린다!'라고 느낀 순간이었다.

"악!"

산이 아닌 침대에 푹 파묻힌 채 눈을 떴다. 매트리스가 땀에 젖어 축축했다. 내게서 덜 마른 빨래 냄새가 났다. 겨우 몸을 일으켜 방문으로 가 귀를 대 보았다. 조용했다. 목이 말랐다. 물을 마시러 부엌으로 가고 싶었지만 참았다. 아무도 깨우고 싶지 않았다.

산행을 마친 뒤처럼 다리가 후들거렸다. 종이를 찾다가 호키에게 얻은 편지지를 꺼내 책상에 앉았다. 땀에 젖은 손에 편지지가 눅눅해졌다. 지금 분명히 알게 된 것을 기록하기로 했다. 거짓이 아닌 진짜 사실을 말이다. 손가락에 자국이 날 정도로 펜을 세게 잡았다.

내가 엄마를 사랑하는 만큼 엄마도 나를 사랑하기를 바랐다.

말로 하기 전에는 막연했다. 선명하지 않으면 모른 척해도 되는 거라고 생각해 왔다. 하지만 기록한 순간, 더는 예전의 나로 돌아갈 수 없다.

편지지를 가방 가장 깊숙한 곳에 넣고 그 위에 차곡차곡 짐을 올렸다. 당장에 갈아입을 속옷과 옷가지, 가진 돈 전부를 넣고 나니 뭐가 더 필요한지 당장은 떠오르는 게 없었다.

집에서 제일 큰 우산을 챙겨 밖으로 나왔다. 추적추적 비가 내리고 있었다. 이른 새벽이었지만 거리를 다니는 사람이 생각보다 많았다. 다들 살아가고 있었다.

도망친 곳에 낙원은 없다.

꺼지지 않는 전광판에서 익숙한 화면이 나왔다.

"낙원."

소리 내어 단어를 말해 보았다. 낯설고 어색했다. 도망친 곳에 낙원은 없겠지만 악어도 없을 것이다.

등에 멘 가방을 한 번 추켰다. 집에서 멀어질수록 가방이 조금씩 무거워졌다. 언젠가 나도 라마처럼 지금보다 훨씬 큰 가방을 몸의 일부처럼 업고 다닐지도 모른다. 여전히 사랑을 바라고 청하면서. 그렇게 어른이 될 것이다.

운동화에 비가 들이쳤다. 물을 머금은 양말이 두 발을 꽉 잡아당겼다. 뒷걸음질하고 싶은 마음으로 한 발씩 나아갔다. 발에서 콧노래처럼 훌쩍훌쩍 소리가 났다. 박자를 맞추며 나는 계속 걸어갔다.

여러분은 현재 살고 있는 곳이 낙원에 가깝다고 생각하시나요? 아니라면 어떤 낙원을 꿈꾸시나요? 제게 '낙원'은 '지옥'보다 더 추상적이고 비현실적인 단어입니다. 살아 있는 한 고통과 괴로움으로부터 완벽하게 자유로울 수 없으니까요.

한편으론 누구나 지옥이 아닌 세계를 지향할 자격이 있다고 믿고 있습니다. 깨끗하거나 매끄럽지 않고, 좋은 향이 나지 않더라도. 언젠가는 내가 나의 방식으로 나를 안전하게 돌볼 수 있는 그런 공간을 이뤄 낼 거라고요. 그 공간은 '집'일 수도, 맞이하게 될 '시간'일 수도, 혹은 내 옆에 있는 '사람'일 수도 있겠지요.

단지 지금의 우리가 할 일은 물이 가득 찬 운동화를 신고서라도 나아가는 것. 쉼표와 물음표를 번갈아 가면서라도 언젠가의 미래에 도달하는 것. 그 길에서 마주치는 사람들에게 관심과 사랑을 청하고 베푸는 것이 아닐까요. 저는 여러분과 함께 그렇게 살아 나가고 싶습니다.

김 다 노

샤인 머스캣의 시절   백온유

백
온
유

2017년 장편동화『정교』로 작품 활동을 시작했다.
『유원』,『페퍼민트』,『경우 없는 세계』,『냠냠』등을 출간했다.

희지에게

무슨 말부터 시작해야 할까. 우선 이 말부터 해야겠지. 오해해서
정말 미안해. 내가 직접 너에게 사과했다면 넌 아마 이렇게 대답
했을 거야.
"괜찮아. 그럴 수도 있지. 나 같아도 오해했을 거야."
아니야. 너는 오해하지 않았을 거야. 너는 내가 아니니까. 나는
상습적으로 오해하는 사람이고, 만성적으로 불신하는 사람이야.
내게 다가오는 모든 호의와 친절을 의심하는 것이 내 고질병이
지. 솔직히 털어놓자면, 그 손길을 수상하다고 생각할 뿐만 아니
라 분명 내게 해가 될 거라고 생각하는 경향도 있어. 내가 다니는
정신과 원장님은 그게 망상의 전조 증상일 수도 있다고 하셨어.
일단은 불안을 약으로 다스리고 있지만 나조차도 나를 믿지 못

하기 때문에 또 네게 비슷한 상처를 줄까 봐 겁이 나.

그러니까 내가 하고 싶은 말은, 우리에게 거리가 필요하다는 거야. 내가 너를 보호할 수 있게 도와줘. 앞으로는 혼자 등교할 거야. 혼자 점심을 먹고 알아서 하교할게. 너는 이 편지를 받고 분명 울상을 지을 테지. 그러지 않았으면 좋겠어. 처음부터 네게 말했었잖아. 나는 이런 게 익숙하다고.

다시 익숙한 삶으로 돌아가는 것뿐이야. 너를 보호하고 싶은 마음도 있지만 나를 보호하고 싶은 마음 때문이기도 해. 더 이상의 새로운 시도는 나도 겁이 나거든. 그래도 넌 더 재밌게 지내길 바랄게. 쾌활하고 시끌벅적하게. 급식도 꼭 챙겨 먹어. 친구들이랑 좋아하는 떡볶이도 먹고, 빵도 먹고, 아이스크림도 먹어 줘.

사소한 일로도 큰 소리로 웃어 줘. 난 그 웃음소리를 들을게. 분명 나도 행복해질 거야.

지금까지 고마웠어.

지우가.

*

일어나자마자 눈곱도 떼지 않고 편지를 읽고, 읽고, 또 읽었다. 잠들기 전까지 수십 번 읽었던 편지를 일어나서도 읽었다. 내가 이렇게까지 독해력이 떨어지는지 처음 알았다. 그래도 같은 문장을 백번쯤 읽으니 조금씩 이해가 되기 시작했다. 이지우는 내게 일방적으로 이별을 고한 것이다.

어젯밤 아홉 시가 넘어갈 무렵, 지우는 내게 아파트 단지 안에 있는 놀이터로 내려올 수 있냐고 톡을 보냈다. 그런 경우는 지금까지 단 한 번도 없었기 때문에 당연히 나는 그 애가 사과를 하러 왔다고 생각했다. 금요일에 그 일이 있은 후, 주말 내내 어지간히 마음이 불편했구나, 빨리 내 마음을 풀어 주고 싶은 거겠지, 내일부터는 다시 평소처럼 지내고 싶나 보다, 하고. 톡을 받자마자 내 마음은 시시하게도 금방 풀렸다. 사과를 받아 주되 앞으로는 같은 일이 반복되지 않도록 깊은 대화를 나누자고 말할 참이었다.

하지만 그 애는 몸은 좀 어떠냐는 내 물음에도 가타부타 말 없이 정말 박스 하나만 안겨 주고 갔다. 박스 안에는 내가 좋아하는 과자와 빵, 초콜릿 같은 것들이 잔뜩 들어 있었는데 밑바닥을 보니 파란색 편지봉투가 있었다. 그네에 앉아 편지를 읽었다. 가로등 불이 어두워 내가 뭘 잘못 봤나 싶었지만 몇 번을 읽어도 내용은 달라지지 않았다. 이런 식으로 이별을 통보받은 고등학생은 나밖에 없을 것이다.

나를 보호하고 싶다고?

이지우는 내가 자기 말이라면 다 너그럽게 이해하고 받아들일 줄 아나본데, 그건 큰 착각이다. 지금껏 그 애의 말을 웬만하면 수긍하고 넘어갔던 건…… 착하거나 특별히 포용력이 넓어서가 아니라 내가 그 애를 더 좋아한다는 걸 명확하게 알고 있기 때문이었다. 그래서 이해가 안 되는 말들도 이해하는 척 했고 납득하기 어려울 정도로 자기 의견을 굽히지 않는 그 애의 고집스러운 면들도 그럴 수 있지, 나라도 지우 같은 상황이라면 그랬을 거라고 받아들이려 애썼다. 그런데 이건 아니잖아. 내가 만만해?

"송희지. 오늘따라 왜 그렇게 늑장 부려. 얼른 밥 먹고 학교 가야지."

엄마의 부름에 나는 호흡을 고르고 편지를 다시 봉투에 담아 가방 안에 집어넣었다. 기분이 어떻든 밥은 먹어야 하니까. 빠르게 씻고 식탁에 앉았다. 우리 집에서 아침밥을 먹는 사람은 나뿐이었기에 내 몫의 간장 계란밥과 김이 단출하게 차려져 있었다. 간단하지만 내가 좋아하는 아침 메뉴였다. 후식으로 먹으라고 엄마가 아몬드 열 알과 두유를 꺼내 놓은 것이 보였다.

"희지. 김치 꺼내 줘?"

"별로. 오늘은 그냥 먹을래."

나는 간장 계란밥을 크게 한 숟가락 떠서 입에 넣었다. 그리고 식탁을 훑었다. 오늘 아침 내가 먹고 있는 것 중, 지우가 먹을 수 있는 건 계란을 넣지 않은 현미밥과 김. 두 가지군. 언제부터인가 밥을 먹을 때마다 지우가 먹을 수 있는 음식과 먹을 수 없는 음식을 구분해 보는 버릇이 생겼다. 나는 학교 홈페이지에 들어가 오늘 급식 메뉴를 확인했다. 흑미밥, 돈가스, 쫄면, 양배추 샐러드, 오이소박이, 미소 된장국. 후식은 키위 주스. 어차피 지우는 도시락을 싸 오지만 혹시나 하는 마음에 나는 매일 점심 메뉴를 확인하곤 했다. 오늘은 정말 최악이네. 돈가스를 좋아하는 아영이는 적어도 두 그릇을 먹겠지만 지우가 먹을 수 있는 거라곤 흑미밥과 양배추 샐러드, 오이소박이 정도다.

그러고 보니 나 역시 급식을 먹지 않은 지 꽤 오래 되었다. 한동안은 지우와 단둘이 점심을 먹었으니까. 오늘은 내 도시락을 안 싸 오려나. 혹시 모르니까 학교 가는 길에 삼각 김밥을 사 가는 게 나을까. 엄마가 "20분 남았네! 이러다 지각하겠어, 얼른 가!" 하고 다그치고서야 정신을 차리고 헐레벌떡 학교로 향했다. 학기 초, 나는 지우와 친해지기 위해 매일 삼각 김밥을 사서 학교에 갔다.

*

지우는 입학했을 때부터 눈에 띄었다. 내가 이렇게 말하자 아영이는 어이없는 표정을 지으며 "도대체 어디가?" 하고 물었지만 내 눈에는 그랬다는 얘기다. 일단 지우는 반에서 키가 가장 큰 편에 속했고, 얼굴이 갸름했다. 눈을 덮는 길이의 덥수룩한 앞머리가 고개를 들 때마다 찰랑거렸다. 조금 친해진 후에 무슨 샴푸를 쓰냐고 물었더니, 눈을 굴리다가 그냥 설날에 들어온 선물 세트에 있던 거라 잘 모르겠다고 대답했다. 그리고 다음 날 내게 샴푸 이름을 알려 주었다. 알고 보니 내가 쓰던 샴푸와 브랜드가 같아 황당했던 기억이 난다. 지우의 머릿결은 그냥 타고난 것이었다.

눈길이 갔던 이유 중 또 하나는 그 애가 매일 한 손에 도시락 가방을 들고 등교했기 때문이었다. 우리는 첫날에 제비뽑기로 자리를 정했는데 나는 5분단 두 번째 자리, 지우는 1분단 다섯 번째 자리를 뽑았다. 대각선 끝과 끝에 앉게 된 바람에 도저히 지우에게 말을 걸 기회가 오지 않았다. 심지어 내 바로 뒤에는 중학생 때부터 단짝이었던 아영이가 앉게 되어 쉬는 시간에도 창가 쪽으로 갈 구실이 없었다. 급식을 먹을 때라도 말을 걸어 보려 했다. 지우가 배식을 받을 때 뒤에 자연스럽게 서 있다가 옆자리에 앉아 같이 밥을 먹으면 될 것 같았다. 하지만 그마저도 실패. 지우는 점심시간 종이 치면 아이들이 교실을 빠져나갈 때를 기다렸다가 도시락을 꺼내서 혼자 밥을 먹었다. 이유는 이삼일 만에 밝혀졌다. 점심을 먹지 않느냐는 회장의 물음에 지우는 식품 알레르기가 심해 급식을 먹지 못한다고 답했다. 별로 숨기려는 기색도 없어 보였기에 아이들은 오며 가며 지우의 도시락을 들여다보았고, 한두 마디 간섭을 보태기도 하고, 어디선가 주워들은 잡다한 지식을 늘어놓기도 했다. 지우는 아이들의 질문을 무시하지 않고 하나하나

웃으며 대답을 해 주었는데 지켜보는 나조차도 진이 빠질 정
도였다.

　궁금증을 해소한 아이들이 등을 돌리고 나면 지우는 아주
잠깐 지겹고 지친 표정을 지었다가 금세 지워 냈다. 지우를 관
찰하다가 그 예민한 표정을 훔쳐보고 흠칫했는데 순식간에 은
은한 웃음을 띤 평상시의 모습으로 돌아왔기 때문에 내가 잘
못 본 게 아닌가 했다. 하지만 그 후에도 그런 모습을 몇 번이
나 보았다. 지우는 친절하게 대답해 주고는 아이들이 등을 돌
리면 인상을 쓰거나 작게 한숨을 내쉬곤 했다. 정말 그 표정이
내 눈에만 보이는 건지 아이들은 지우를 향한 질문을 멈추지
않았다.
　"응. 밀가루를 못 먹어. 쿠키? 쿠키도 밀가루니까 못 먹지.
쫄면? 쫄면 안에는 밀가루랑 전분이 들어가. 우유 못 먹어. 치
즈를 우유로 만들잖아, 당연히 못 먹지. 견과류 못 먹어. 빵도
마찬가지야. 우유랑 달걀이랑 밀가루를 다 피해야 하는걸."
　아이들은 처음에는 장난처럼 이것도 못 먹어? 이것도? 하며
물었다가 지우가 먹지 못한다는 대답을 반복하면 느닷없이 발
끈해서 아, 그럼 넌 도대체 뭘 먹을 수 있는데? 되게 까다롭네,
완전 예민하네, 왕자님이네, 도련님이네 쏘아붙이다가 개복치
같다고 놀리기도 했다. 농담과 진담이 섞여 있는 그 말에 아이
들은 와르르 웃었고, 지우도 웃으며 풀! 풀떼기! 그냥 나를 염

소라고 생각해. 염소가 먹는 건 나도 먹을 수 있다고 생각하면 그게 대충 맞아, 라고 대답했지만 그 목소리에 묘하게 자조가 스며 있는 것 같아 나는 따라 웃을 수 없었다.

차마 직접 물어볼 용기는 내시 못하고 나는 지우와 아이들 사이의 대화에서 엿들은 내용을 토대로 지우가 먹을 수 있는 것과 먹을 수 없는 것을 추려 냈다. 지우는 메밀, 땅콩, 호두, 잣 등의 견과류를 먹으면 아나필락시스 쇼크가 올 수 있다고 했다. 밀가루, 계란이 들어가는 음식도 피해야 했고, 새우나 꽃게 등의 갑각류도 먹어선 안 됐다. 과일 중에서는 키위와 파인애플, 메론과 복숭아를 피해야 했다. 우유도 마찬가지였다. 나 역시 우유를 좋아하지 않기에 우유를 피하는 건 쉽지 않나, 생각했다가 치즈와 요거트, 크림, 아이스크림도 먹지 못한다는 걸 듣고 내가 못 먹는 것도 아닌데 괜히 속상하고 울적해졌다.
"그래도 골고루 먹어 버릇해야지, 나도 옛날에는 고등어 먹으면 아토피 심해졌는데 조금씩 꾸준히 먹었더니 지금은 다 나았어!"
"맞아, 나도 어릴 때 우유 못 먹었는데 코코아 가루 타서 먹다 보니 지금은 잘 먹어."
식품 알레르기를 심한 편식 정도로 생각하며 스스로를 단련시킨 경험들을 늘어놓는 아이들에게 지우는 고개를 끄덕이며 좋겠다, 대단하다, 나도 노력해 봐야겠다, 하고 대꾸해 주었다. 지우는 기분이 좋지 않을수록 오히려 반대로 행동하는 것 같았다. 차라리 화를 내지, 뭘 안다고 떠드느냐고 신경질을 내지……. 지우에 대해 알아갈수록, 나는 지우가 어려워졌다.

나는 여태껏 친해지고 싶은 친구들이 생기면 먹을 것을 챙겨 주는 식으로 호감을 표현했다. 그건 단순하지만 효과적인 방법이었다. 젤리나 쿠키 같은 걸 건네며 최대한 가벼운 말투로 먹을래? 하고 물으면 열에 아홉은 사양하지 않고 맛있게 먹었다. 뭘 바라고 챙긴 게 아닌데도 아이들은 얼마 후에 내게도 똑같이 간식을 나눠 주곤 했고 그러면 금세 친구가 되었다. 하지만 지우에게는 그런 방식들이 먹히지 않을 것 같았다. 오랫동안 관찰만 하다 나는 지우가 점심시간에 20분 동안 도시락을 먹은 후에는 남은 시간은 축구 경기를 본다는 걸 알게 되었다.

*

덥다 더워, 나는 괜히 입으로 중얼거리며 창가로 가 지우의 도시락 통을 엿봤다. 김 가루에 굴린 주먹밥, 시금치, 감자볶음, 오이소박이, 샤인 머스캣이 담겨 있었다. 생각했던 것보다는 푸짐하고 먹음직스러운 식단이었다. 커튼을 걷은 후 창문을 열었다. 그 순간 생각보다 거센 바람이 몰아쳐 커튼이 휘날렸다. 커튼이 지우의 어깨를 스쳤고 지우가 나를 돌아보았다.

"미안한데 문 좀…… 모래바람 때문에."

화들짝 놀라 얼른 문을 닫았다. 분명 아침밥을 먹을 때 황사주의보가 발령되었다는 뉴스를 봤는데 그새 잊어버린 스스로가 바보 같았다. 창밖으로 보이는 하늘은 며칠째 누렇고 뿌연 먼지로 뒤덮여 있었다. 지우에게 나가가 혹시 도시락에 모래가 들어갔느냐고 물었다. 지우는 예의 그 은은한 미소를 지으며 말했다.

"괜찮아. 아무렇지도 않아."

그때 속으로 생각했다. 애, 연기하는구나. 하나도 괜찮지 않으면서, 배려 없는 행동에 분명 신경질이 났으면서. 하지만 티를 내지 않으려고 하는 그 애에게 맞춰 나 역시 아무렇지 않게 지우 옆자리에 앉았다. 지우는 시금치를 먹다가 옆자리에 앉는 나를 흘깃 쳐다보았다.

"왜?"

"그냥. 나 샤인 머스캣 좋아하는데 하나만 주면 안 돼?"

종이 치자마자 아영이와 가장 먼저 급식소로 달려가 점심을 먹어서 배가 부른데도 지우의 관심을 끌기 위해 괜히 한 말이었다. 지우는 말없이 과일이 담긴 통을 내 쪽으로 밀어 주었다.

"다 먹어도 돼."

"아니야. 그냥 하나만. 땡큐."

샤인 머스캣을 입에 넣고 감자볶음을 오물오물 먹는 지우를 바라보았다. 지우는 자기 자리로 돌아가지 않는 나를 조금 이상하게 여기는 듯했다.

"축구 좋아해?"

"축구? 좋아하는데, 그건 왜?"

"너 점심 먹은 뒤에 이어폰 끼고 해외 축구 경기 보잖아. 오며 가며 봤어."

"아…….."

지우는 그러냐는 듯 고개를 끄덕이고는 다시 점심을 먹었다. 이 정도 물어봤으면 너도 축구 좋아하니, 정도는 물어봐 줄 수 있는 거 아닌가? 조금 성가셔하는 것 같았지만 나는 다시 혼자서 말을 이어 나갔다.

"나도 경기 보는 거 좋아해. 아빠가 축구 좋아하거든. K리그 직관도 많이 했어. 아빠는 메시 있을 때는 바르셀로나 경기 많이 봤는데 요즘은 파리 경기 보더라. 나는 EPL 경기가 박진감 넘쳐서 좋아. 넌 어느 클럽 좋아해? 난 맨체스터 시티. 이유는 딱히 없어. 그냥, 자주 우승해서 좋아."

지우는 주절주절 혼자 신나서 얘기하는 나를 빤히 보더니 어느새 비워진 도시락 통을 착착 정리해서 도시락 가방에 넣었다. 그러고는 물었다.

"맨시티에서 누구 좋아하는데?"

"나? 음, 케빈 데브라이너."

"어? 나도."

"너 기술 좋은 미드 필더 좋아하나 보네. 그럼 주드 벨링엄도 좋아하겠네."

지우는 놀란 표정을 숨기지 못하고 눈을 동그랗게 떴다.

"맞아!"

"한국 선수 중엔, 당연히 이강인?"

지우는 이제껏 본 적 없는 함박웃음을 지었다.

"어떻게 그렇게 잘 알아?"

"나도 축구 좋아한다니까. 여자애라고 무시했지, 너? 딱 봐도 그래 보였어."

내가 눈을 게슴츠레 뜨고 몰아가자 지우는 당황한 듯 두 손을 내저었다.

"아니, 아니, 아니 그건 아닌데."

꾸밈없는 반응에 나도 웃음이 터졌다. 그런 뜻이 아니었다며 변명을 늘어놓는 지우에게 나는 봐준다는 듯 회심의 한 방을 날렸다.

"그럼 점심 때 나도 같이 보자. 나 스포츠 OTT 가입 안 되어 있어."

*

그렇게 우리는 다음 날부터 함께 축구를 보았다. 주말에 있었던 경기를 같이 볼 때도 있었고, '레전드'라고 불리는 경기를 지우가 골라 오면 같이 과일을 먹으며 봤다. 이스탄불의 기적이라고 불리는 04-05 시즌 챔피언스 리그 결승전, 02-03 시즌 챔피언스 리그 8강 2차전 경기 같은 것. 호나우두, 반니, 지단, 베컴 같은 이름만 들어 본 전설적인 선수들이 뛰는 모습을 지우 덕분에 볼 수 있었다. 사실 아무 주제로라도 대화를 이어 보려고 축구 얘기를 꺼낸 건데, 지우는 매일 내 기대를 충족시켜 주겠다는 듯 신중하게 경기를 골라 왔다. 그럴 때마다 나는 우리 학교 급식이 입에 안 맞는다는 핑계로 삼각 김밥이나 빵을 사와 지우 옆에서 점심을 때웠다. 지우는 처음에는 그러려니 하는 눈치였지만 일주일이 넘어가자 정말 그걸로 돼? 하고 걱정스러운 표정을 지었다. 지우가 도시락을 2인분씩 싸 오게 된 건 4월 중순부터였다.

"네 입맛에 안 맞을 수도 있어. 별로면 그냥 먹지 마."

지우는 주는 입장이면서도 뭐가 그렇게 걱정인지 몇 번이고 당부했다. 막상 도시락을 먹어 보니 간이 조금 심심하다는 것 빼고는 크게 다를 게 없었다. 매일 2인분씩 준비하는 건 번거로운 일일 테고, 지우의 어머니에게도 부담일 테니 그냥 알아서 먹겠다고 한 적도 있었다. 하지만 지우는 그런 게 아니라고 했다.

"같이 점심 먹을 친구 생겼다고 하니까 엄마는 좋아하던데. 초등학교 때부터 계속 혼자 먹었거든. 어릴 때는 혼자 먹는 게 창피해서 화장실에서 먹은 적도 있어. 어…… 좀 바보 같지."

지우는 자기가 말을 해 놓고 몹시 민망하다는 표정을 지으며 뒷머리를 긁적였다.

"난 이런 적도 있는데? 친구랑 싸웠을 때 혼자 밥 먹는 게 너무 창피한 거야. 졸린 척하고 점심시간 내내 자는 척했어. 이게 진짜 바보 같지 않아? 배고픈데 안 고픈 척하고. 배에서 꼬르륵 소리 나면 일부러 기침 소리 내고 그랬다니까. 중학교 1학년 때야 그게."

"전혀 바보 같진 않은데, 그냥 좀 슬프다."

"그런가. 그러고 보니 바보 같은 게 아니라 슬픈건가?"

지우는 나와 마주 보다가 할 말이 없었는지 포도를 내 쪽으로 밀어 주었다. 더 먹어, 하면서. 순식간에 분위기가 이상해진 것 같았다. 포도를 씹으면서 괜히 오버해서 너무 솔직하게 말한 게 아닌지 후회했다. 찌질해 보였으면 어떡하지? 지우가 나를 불쌍히 여기는 건 절대로 원하지 않았다. 그래서 나는 친구랑은 오해 때문에 잠깐 틀어진 것이고, 얼마 후에 바로 화해를 해서 점심을 굶은 건 단 며칠뿐이었다고 덧붙이려 했다. 그때, 허공을 보며 무언가를 골똘히 생각하던 지우가 내게 말했다.

"3년 전으로 돌아가서 너랑 같이 밥 먹고 싶다. 같은 중학교였으면 좋았겠다, 그렇지?"

"그러네."

"그럼 나도 화장실 가서 밥 먹을 일 없고, 너도 굶을 일 없었을 텐데."

"그러게."

우리는 함께 웃었다. 입으로는 내뱉지 않았지만 아마 같은 생각을 하고 있었을 것이다. 지금이라도 만나서 정말 다행이라고. 나는 조금 감동했다. 내 안의 중학생 희지가 위로를 받은 것 같았다.

한 달 이상 도시락을 함께 먹으며 나는 지우가 겪는 불편을 조금이나마 체감하게 되었다. 지우의 어머니는 영양을 생각해 다양한 식재료를 활용해 도시락을 싸 주려고 노력하셨지만 그 음식들이 항상 내 입맛에 맞는 건 아니었다. 솔직히 말하면 나는 집에서 편식을 하는 편이었기 때문에 흔한 계란말이나 계란프라이도 없고, 가공된 육류인 소시지나 베이컨도 없고, 매운 고춧가루나 달달한 설탕이 거의 들어가지 않는 심심한 도시락이 물릴 때가 많았다. 지우는 밀가루로 된 음식을 못 먹었기 때문에 학교 매점에 파는 간식들은 거의 먹지 못했다. 밀가루와 견과류, 우유와 계란이 들어가지 않은 음식이라고 해도 혹시나 하는 가능성 때문에 지우는 도시락 통에 담긴 음식 외에는 절대로 입에 넣지 않았다. 내가 자각 없이 무심코 건넨 초콜릿, 아영이가 먹을래? 하면서 내민 과자나 빵 같은 것들, 체육 시간이 끝나고 담임 선생님이 사 주신 아이스크림 같은 것들을 지우는 모두 먹지 않았다. 또 지우는 점심을 먹은 후에 다섯에서 여섯 가지 정도 되는 알약을 먹었다. 지우는 그 약이 자신의 경계심을 조금 누그러뜨리고 마음을 편안하게 해 주는 약이라고 했다.

*

우리가 처음 학교 밖에서 만난 건 5월 초였다. 그다음 주부터 중간고사가 있었기 때문에 스터디 카페에서 공부를 하기로 했지만 나는 그것을 우리의 첫 데이트라고 생각했다. 지우도 같은 마음인 것 같았다. 새로 산 청 재킷을 입고 왔으니까. 지우의 재킷에는 미처 떼지 않은 가격표가 붙어 있었다. 그것을 보고 조금 웃음이 나왔지만 센스 있게 모른 척해 주었다. 잘 보이고 싶은 마음이 그 애에게도 있다는 게 기뻤다.

나는 전날 지우에게 토요일에는 내가 도시락을 싸 가겠다고 톡을 보냈다. 이전에도 비슷한 제안을 한 적이 몇 번이나 있었지만 그때마다 지우가 완곡하게 거절을 했기에 나는 미리 생각한 식단까지 보여 주며 지우의 허락을 구했다. 지우는 신경 쓰지 말라고 했지만 몇 주 동안이나 도시락을 얻어먹은 터라 미안한 마음이 컸다. 간신히 지우의 허락을 받은 후 나는 만반의 준비를 했다. 토요일인데도 아침 일찍 일어나 도시락을 쌌다. 엄마에게 절대 손대지 말라고 신신당부를 했기 때문에 엄마는 살다 보니 별일이 다 있네, 하며 신기하다는 표정을 지었다. 내가 주방을 휘젓는 모습을 잠자코 두고 보며 엄마가 말했다.

"희지야. 식품 알레르기는 진짜 조심해야 하는데. 그 친구

달걀, 우유, 견과류, 밀가루, 가공육, 갑각류 정도만 피하면 되는 거 확실한 거지?"

"복숭아도 안 된다고 했는데, 복숭아는 안 넣을 거니까."

나는 멸치볶음을 속 재료로 넣은 주먹밥을 김 가루에 굴렸고, 집에 있던 콩나물과 오이소박이를 쌌다. 닭 가슴살과 버섯을 볶아 소금과 후추로만 간을 했다. 굴 소스를 넣으면 더 맛있겠지만 지우는 화학조미료를 되도록 피해야 한다고 했기 때문에 넣지 않았다. 도시락 두 칸을 그렇게 꾸리고, 나머지 한 칸은 샤인 머스캣으로 채웠다. 도시락통은 네 칸이었기 때문에 뭘 더 할까 하다가, 나는 냉장고 안에 있던 유부를 발견했다. 유부 초밥을 조금 더 만들면 좋을 것 같았다.

사실 나는 유부가 어묵의 한 종류인 줄 알았다. 생긴 것도 납작한 어묵과 비슷하게 생겼고, 어묵탕에는 항상 당면을 채운 유부 주머니가 들어갔으니까. 그렇게 유부 초밥을 여덟 개 정도 만들어서 도시락에 담았다. 가방에는 교과서와 문제집 두 권밖에 없었지만 양손에는 묵직한 도시락과 엄마가 갈아 준 사과 주스를 담은 텀블러를 들고 스터디 카페에 도착했다.

먼저 도착해 있던 지우와 짧게 눈인사를 나눴다. 내가 앉자 맞은편에 앉아 있던 지우가 노란색 포스트잇을 건넸다.

—각자 공부하다가 열두 시쯤 휴게실에서 보자.

—응. 공부 파이팅!

지우는 내가 건넨 포스트잇을 읽고 작게 미소 지었다. 고개를 숙이고 있었지만 나는 그 웃음을 분명히 보았다. 11시 50분부터 30초마다 시계를 확인하는 나와는 달리, 지우는 흔들림 없이 문제만 푸는 듯했다. 아직 중간고사 전이어서 반 아이들의 성적을 확인할 방법은 없었지만 나는 지우가 공부를 잘하는 편이라는 것을 알고 있었나. 그런 건 입으로 떠들지 않아도 한 반에서 생활하다 보면 티가 나는 법이다. 지우를 방해하지 않으려 나도 최대한 딴짓을 하지 않고 집중했다. 지우는 11시 59분까지 정자세로 책만 들여다보고 있다가 인내심이 한계에 달한 내가 신호를 보내기 직전에 자리를 정리하고 일어났다. 나와 눈을 맞추고 휴게실 방향을 손으로 가리키며 입 모양으로 말했다. '지금 나갈까.'

도시락과 텀블러를 들고 지우의 뒤를 따랐다. 휴게실에 자리를 잡고 앉자마자 지우가 물었다.

"뭐가 이렇게 많아?"

"별건 아니야. 이건 사과 주스, 한 칸은 그냥 샤인 머스캣."

"우아. 배고픈데 잘됐다. 어머니께 정말 감사하다고 꼭 전해주라."

"엄마가 아니라 내가 싼 건데?"

지우는 깜짝 놀란 듯 몇 번이고 되물었다. 정말? 정말 네가 싼 거야? 하고. 나는 뿌듯한 얼굴을 애써 감추고 큰 기대는 하지 말라고 우물쭈물 말했다. 두근거리는 마음으로 도시락 통을 열었고, 한 칸 한 칸 공개될 때마다 지우는 맛있겠다, 대단하다는 반응을 보였다. 그리고 마지막으로 유부 초밥이 담긴 칸을 열었을 때 잠시 지우의 얼굴에 미묘한 표정이 스쳤다.

"이거 유부야?"

"응! 좋아해? 집에 있길래 싸 봤어."

지우는 눈을 끔뻑거리다가 휴대폰으로 뭔가를 검색했다. 그리고 이렇게 말했다.

"혼자 먹고 있을래? 나 잠깐 나갔다 올게."

"왜?"

지우는 머뭇거리며 난감하다는 듯 입술을 깨물다가 작게 한숨을 내쉬었다.

"내가 유부를 못 먹어. 유부는 두부로 만들어진 거거든. 두부는 콩으로 만들어졌고. 난 콩을 먹으면…… 큰일 나."

"아, 그렇구나. 미안해. 난 유부가 어묵인 줄 알았는데! 어묵은 생선 살로 만드는 거잖아. 그래서 괜찮은 줄 알았어."

"어묵에도 밀가루가 들어가."

유부가 콩이든 어묵이든 결과적으로 지우는 못 먹는 거였다. 한번 검색이라도 해 볼걸 하는 후회가 물밀듯 밀려들었다.

"그럼 주먹밥이라도 먹어. 내가 유부 다 먹을게. 이건 네가 먹는 재료 그대로 만든 거야. 멸치밖에 안 들어갔어."

지우는 난처하다는 듯 또 한참 동안 말이 없었다.

"왜? 멸치 들어간 주먹밥은 자주 먹었잖아. 이것도 안 돼?"

"그게 아니라…… 유부 초밥 만진 손으로 주먹밥도 만든 거 아니야? 아주 극소량만 들어가도…… 나는 위험해. 아주 예전에…… 엄마가 호두를 잘게 다졌던 도마에서 음식을 만들었는데 내가 그걸 먹고 병원에 간 적이 있어."

당황스러운 마음에 말문이 막혀 잠깐 머뭇거리다가 기억을 더듬어 차근차근 말했다.

"아니야. 분명히 기억 나. 아침에 주먹밥부터 만들었어. 손을 깨끗이 씻고 맨 마지막으로 유부 초밥을 만들었으니까 괜찮지 않을까? 그래도 걱정되면 샤인 머스캣이랑 사과 주스라도 먹어. 이건 엄마가 씻어서 담아 준 거니까."

지우는 그 와중에도 내게 웃어 보이며 대답했다.

"마음은 정말 고맙게 받을게."

지우는 끝내 젓가락을 들지 않았다. 그래도 최대한 내 기분을 상하지 않게 하려고 이유를 설명했고, 이해시키려 노력했다. 같은 주방에서 만든 음식일 경우, 일 프로의 가능성이라도 있으면 먹지 않는 것이 원칙이라고 말하는 지우에게 나는 더 이상 고집을 피우지 않았고, 그럼 점심을 어떻게 해결할 생각이냐고 물었다.

"여기서 집 가까우니까 먹고 올게."

혼자 4단 도시락을 펼쳐 놓고 먹으며 이상한 자괴감을 느꼈다. 난 왜 이렇게 철두철미하지 못할까. 그런 데다가 속이 좁기까지 하다니. 스터디 카페 독서실에는 다른 학교 학생들도 많앗고, 학교를 다니면서 얼굴만 익힌 선배들도 보였다. 이어폰을 귀에 꽂고 다들 조용히 밥을 먹고 있는데 왜인지 그들이 나를 흘깃흘깃 쳐다보는 듯한 느낌을 받았다. 분명 머리로는 지우를 이해하고 있었다. 아주 작은 가능성이라도 있으면 먹지 않는 것이 맞겠지. 정작 나 때문에 불편을 겪게 된 건 지우인데, 실수를 해 놓고 속상해하는 건 우스운 일이었다.

차라리 화를 내지. 그렇게 연기하듯 속에도 없는 말 하지 말고. 정말 화를 냈으면 그것대로 섭섭해했을 거면서 나는 차라리 지우가 나를 나무랐으면 낫지 않았을까 상상했다.

살아오면서 체득한 많은 경험들이 지우를 더 조심스럽게 만들었을 것이다. 나는 자신이 입에 넣는 음식만큼이나 신중하게 말을 골라 내뱉는 지우를 좋아했다. 체육 시간에 아무렇지도 않게 돌려 가며 한 입씩 마시는 페트병의 물을 거절하고 차라리 갈증을 참는 지우를 아이들은 까탈스럽다고 놀렸지만, 나는 일상에 스며 있는 지우의 차분하고 조심스러운 모습이 마음에 들었다. 경박한 농담에 웃지 않는 것도, 다른 아이들의 말에 쉽게 휩쓸리지 않는 것도 모두 좋은 점이라고 생각했다.

섭섭함을 느끼는 나 자신이 어이없다고 느끼면서도 나에게도 여지없이 단호한 모습을 보이는 지우가 조금은 원망스러웠다. 그날 지우는 집에 가서 점심을 먹고 왔고, 우리는 아무 일도 없었다는 듯이 다시 각자의 공부에 집중했다. 어색한 분위기는 집에 갈 때까지 지속됐지만 누구도 그 일에 대해 다시 꺼내지 않았다.

　중간고사가 끝난 후, 내가 먼저 지우에게 사귀자고 말했다. 지우는 부끄러운지 나와 눈을 맞추지는 못했지만 어쨌든 받아 들였다. 사귀는 동안 우리는 한 번도 싸우거나 언성을 높인 적 이 없었다. 아영이 빼고는 아무에게게도 사귄다는 사실을 말하 지 않았음에도 얼마 되지 않아 우리 사이에 심상치 않은 기운 을 포착한 반 아이들에 의해 금세 사귄다는 소문이 퍼졌다. 처 음에는 아이들이 우리를 어떻게 볼지 걱정되어 살짝 움츠러들 었다. 그래도 예상보다는 반응이 잠잠했다. 객관적으로 우리는 반에서 존재감이 큰 편이 아니었고, 외모건 인기건 성격이건 튀는 부분이 없었기 때문에 사귄다는 것 자체로 관심이 집중 되지는 않았다. 가끔씩 심심풀이로 우리 둘을 묶어 질 낮은 농 담을 하는 남자애들이 있긴 했지만 지우와 나보다도 다른 아 이들이 먼저 치를 떨며 경멸의 눈빛을 보내 주었기 때문에 곤 란한 상황까지 간 적도 없었다.

　모든 게 순조로웠고 즐거운 나날들이었지만 그럼에도 이따 금 나는 스터디 카페에서 있었던 일을 곱씹었다. 그런 일을 반 복하지 않게 하기 위해서, 비슷한 일로 지우와 부딪히는 일을 피하기 위해 더 조심했다. 지우는 원칙을 중요시하고 규칙을 잘 지키는 아이였다. 정해진 시간에 정해진 일들을 하는 게 무 척이나 중요해 보였다. 내가 시간 약속에 5분 이상 늦으면 화를 내진 않아도 언짢은 기색이 표정에 고스란히 드러났다. 자신이 어쩌다 1분 늦으면 다섯 번 이상 사과를 했고, 하루 종일 찝찝해했다. 가끔씩은 강박처럼 여겨질 정도였다.

아예 신경이 안 쓰였다고 하면 거짓말이겠지만 그건 지우의 단점이나 약점이 될 수 없었다. 그저 하나의 특징으로 받아들일 수 있는 부분이었으니까. 나는 전보다 시간을 자주 확인하게 되었고, 음식을 먹을 때나 식품을 고를 때 성분을 검색해 보는 버릇이 생겼다. 지우는 내가 좋아한다고 말했던 샤인 머스캣을 일부러 거의 먹지 않고 내 몫으로 남겨 주었고, 어차피 자신은 먹지도 못할 빵이나 초콜릿을 챙겨 주었다. 서로에게 충분히 적응했다고, 나 또한 이 정도면 지우를 전부 파악했다고 판단했을 때, 그 일이 벌어졌다.

지난주 목요일이었다. 사귀기 시작한 후 우리는 항상 사거리에서 만나 학교까지 함께 왔다. 부쩍 더워진 날씨에도 우리는 잡은 손을 놓지 않고 계속 걸었다. 다가올 기말고사에 대한 계획과 걱정을 주고받으며. 그렇게 반까지 와서야 손을 놓았다. 각자의 자리에 앉아서 수업 준비를 하고 있을 때 뒤에서 기침 소리가 들리기 시작했다. 뒤를 돌아보니 지우가 기침을 하며 두 손으로 목을 부여잡고 있었다. 나는 곧장 지우에게 달려가 무슨 일이냐고 물었다. 고개를 든 지우의 얼굴은 벌써 울긋불긋해져 있었다. 하복을 입었기 때문에 팔과 목덜미에도 붉은 기운이 도는 것이 보였다.

"이상해…… 알레르기 반응 같아."

기침을 가라앉히기 위해 물을 마셔도 소용이 없었다. 처음에는 대수롭지 않게 생각하던 반 아이들도 기침 소리가 끊이지 않자 곁에 와서 상태를 물었다. 기침을 시작한 지 단 5분 만에 지우의 상태는 엄청나게 악화되었다. 지우가 내게 구급대를 불러 달라고 말했고, 나는 바로 119에 전화를 걸었다. 지우는 거의 숨이 넘어갈 것처럼 헉헉거리며 힘들게 호흡을 이어나갔다. 그리고 겨우겨우 가방에서 펜 모양으로 생긴 주사기를 꺼내 스스로 허벅지에 찔러 10초 동안 누른 상태를 유지했다. 에피네프린 주사였다. 회장이 담임 선생님을 불러왔고, 선생님은 지우의 어머니께 이미 당부받은 내용이 있던 모양인지 자연스럽게 지우를 교실 뒤 바닥에 눕혔다. 나는 지우의 머리 아래에 가방을 밀어 넣었다. 주사를 맞고 나자 기침과 가빠진 호흡이 조금 안정되는 듯했다. 지우는 정신이 혼미한 상황에서도 내게 괜찮다고 말해 주었다. 금방 도착한 구급대에 의해 지우는 병원으로 이송되었고, 그날 수업이 끝날 때까지 학교로 돌아오지 못했다.

그것이 아나필락시스 쇼크라는 것은 알았다. 하지만 무엇 때문에 그렇게 됐는지 알 수가 없었다. 한참을 고민하다가 그날 아침 지우와 접촉한 건 나밖에 없다는 사실을 떠올렸고, 혹시 나 때문에 지우가 그렇게 된 것은 아닌지 생각하기 시작했다. 등교하기 전 나의 행적을 곰곰이 생각하다가, 엄마가 식탁에 놓았던 복숭아를 떠올렸다. 친척을 통해 샀다던 올해 첫 복숭아. 하지만 나는 지우를 생각해서 그 복숭아를 만지지 않았다. 엄마가 깎아 놓은 복숭아를 겨우 한 조각 먹은 게 전부인데 그것에도 영향이 있을까. 지우에게 여러 번 전화를 걸었지만 받지 않았다. 거의 늦은 밤이 되어서야 지우는 톡을 보내왔다.

—치료 받고 지금 집에 왔어. 내 걱정 안 해도 돼. 이제 아무렇지도 않아. 내일 보자.

그리고 금요일 아침, 우리는 다시 학교 앞 사거리에서 만났다. 걱정하는 내게 지우는 붉은 기가 여전히 남아 있는 목덜미를 보여 주며, 이 정도의 발진은 오늘이 지나면 금세 사라질 거라고 말해 주었다. 나는 지우를 만난 후부터 학교 가는 길이 참 짧다는 생각을 했다. 하지만 그날은 유독 학교가 너무 멀게 느껴졌다. 한참을 망설이다가 지우에게 물었다.

"근데 왜 그런 거래?"

지우는 영문을 모르겠다는 듯이 머리를 헝클어뜨렸다.

"글쎄. 나도 아직 이유를 모르겠어. 어제 먹은 건 평소에도 먹던 건데."

"저기, 나 때문일 수도 있을 것 같아. 아니, 확실한 건 아니지만…… 나 때문일 수도 있을 것 같아서."

"그게 무슨 말인데?"

지우는 자리에 멈춰 서서 평소보다 조금 날선 말투로 되물었다. 눈을 마주 볼 용기가 나지 않아 나는 인도에 눌어붙은 껌딱지에 시선을 두었다.

"어제 아침에 내가 복숭아를 먹었거든."

"그걸 만졌어? 그리고 내 손을 잡은 거야?"

"아니…… 그건 아닌데."

"어제 조금만 늦었으면 죽을 수도 있었어. 주사기가 없었다면 정말 그럴 수도 있었다고. 특별히 조심해야 하는 과일이라고 내가 다섯 번은 말한 것 같은데 왜 그랬어? 저번부터 내 말은 좀 대수롭지 않게 생각하는 것 같아. 나는 항상 불안한데, 너는 이게 장난 같아? 아니면 일부러 그러는 거야?"

다그치듯 나를 마구 몰아붙이는 지우는 내가 알던 사람이 아닌 것 같았다. 나는 지우의 눈을 똑바로 바라보았다.

"일부러? 말도 안 되는 소리잖아 그건. 내가 왜?"

지우는 아무 말 없이 나를 빤히 바라보더니 먼저 앞서서 학교로 향했다. 내가 뒤쫓아 가서 지우의 팔을 붙잡았을 때, 지우가 살짝 팔꿈치를 들어 내 손을 피했다.

앞서가는 지우의 뒷모습을 계속 바라보다가 걸음을 늦춰 아주 천천히 걸었다. 학교로 가는 동안 나는 몇 번이나 내 발에 걸려 넘어질 뻔했다. 내딛는 한 걸음 한 걸음이 무겁고 아슬아슬했고 등에서 땀이 줄줄 흘러내렸다. 문득, '찌는 듯한 더위라는 건 이런 거구나.' 하는 생각이 들었다. 나는 내가 찜기 속에서 오래오래 쪄진 감자나 고기처럼 느껴졌다. 금방이라도 물 크러질 것만 같았다.

지우는 분명 화가 나서 한 말이겠지만, 그래도 '일부러' 그 랬냐는 말은 너무 아팠다. 더 조심하지 않아서 지우를 아프게 한 내가 미웠다. 복도의 끝과 끝을 정처 없이 돌다가 아영이를 만나 교실로 들어갔다. 그리고 보았다. 지우가 다시 기침을 하 는 모습을. 지우는 기침이 시작되자 본능적으로 주사를 찾아 서 허벅지에 찔러 넣었다. 나는 친구들에게 창문을 열어 달라 는 말과 함께 119를 불렀고, 회장은 교무실에 담임 선생님을 부르러 뛰어갔다. 한 번 경험해 봤기 때문에 우리는 어제보다 더 일사불란하게 움직였다. 남자 아이들은 교실 뒤편에 매트 를 깐 뒤, 몸을 웅크린 채 숨을 가쁘게 내쉬는 지우를 옮겨서 눕혔다.

"이유가 뭐야? 또 왜 그래. 이번에는 진짜 모르겠어. 오늘은 복숭아도 안 먹었단 말이야. 정말이야."

지우는 대답할 수 있는 상태가 아니었다. 나는 주위를 두리 번거리며 혹시라도 지우 근처에 알레르기를 유발하는 물질이 있는지 살폈다. 꽃가루가 날릴 계절도 아닌데 왜 이렇게 된 거 지. 나도 모르게 코를 킁킁거리다가 어제는 미처 느끼지 못했 던 묘한 단내를 맡았다.

나는 지우 옆자리와 앞자리에 앉은 아이들 곁으로 가 냄새 를 맡았다. 아이들은 왜, 왜 그러는데 하며 나를 밀어내다가 내가 손목을 잡아당기자 가만히 있었다.

"너 향수 뿌렸어?"

그때 현경이가 대답했다.

"응. 왜?"

"혹시 그거 복숭아 향이야?"

현경이는 가방을 뒤져 향수병을 꺼내 보여 주었다. 그냥 '스위트 드림'이라고만 적혀 있었지만 향수 뚜껑에 스며 있는 냄새를 맡자 바로 느낄 수 있었다. 복숭아 향이라는 것을.

"나, 나 때문이야? 지우가 저렇게 된 거? 난 정말 몰랐는데……."

나는 겁에 질린 현경이에게 별일 없을 거라고 말한 뒤 지우에게 다가갔다. 원인을 찾았으니 이제 똑같은 일은 없을 거라고, 이제는 다 괜찮아질 거라고 안심시켰다. 하지만 지우는 울긋불긋한 얼굴을 쓸어내리며 괴로워했다. 지우가 문득 뭔가를 깨달았다는 듯 내 손을 잡고 조용히 속삭였다.

"미안해, 희지야."

*

편지를 끝으로 지우는 더 이상 나와의 소통을 원하지 않았다. 학교에 도착했을 때, 노골적으로 나는 내가 앉은 자리에서 뒤돌아 지우를 쳐다보았다. 뒤쪽에 앉은 아이들이 내 시선을 따라 모두 지우를 쳐다볼 때까지 지우는 아무것도 모르는 척 선생님만 바라보았다. 월요일과 화요일, 나를 외면하는 지우를 느낀 후 수요일부터는 절대 뒤를 돌아보지 않았다. 우리 사이의 이상기류를 읽은 아이들이 너희 헤어진 거냐고 대놓고 물어도 대꾸하지 않았다. 고맙게도 아영이는 점심시간 종이 치자마자 내 어깨에 팔을 두르고 급식소로 데려갔다. 그렇게 나는 예전처럼 급식을 먹은 후 매점도 가고, 산책도 했다. 고작 두 달간 먹지 않았을 뿐인데 입이 심심한 맛에 길들여진 것인지 모든 음식들이 자극적으로 느껴졌다. 맵고 짠 떡볶이와 마라탕을 먹었을 때는 짜릿함과 함께 미묘하게 거북함을 느꼈고, 속이 부대껴서 저녁은 건너뛰었다. 위가 더부룩한 건지, 마음이 더부룩한 건지 그렇게 얹힌 듯한 느낌이 몇 날 며칠은 지속되었다.

*

지우는 4교시 종이 치자 스르륵 책상 위에 엎드렸다. 그 모습을 애써 못 본 척했다. 하지만 그건 '척'일 뿐이었고, 지우가 사흘째 도시락에 손도 안 대고 점심시간에 잠만 잔다는 걸 아주 잘 알고 있었다. 반에서 나 말고 그 사실을 아는 사람이 없는 걸까? 왜 아무도 지우에게 밥을 먹었냐고 물어보지 않지? 나는 급식으로 나온 유부 초밥을 다 먹은 뒤 아영이와 매점에 들러 초콜릿과 감자칩, 크림빵을 샀다. 아영이한테도 먹고 싶은 게 있으면 마음껏 고르라고 허세를 부렸다. 아영이는 딸기 우유와 아이스크림을 고르더니 어차피 다 먹지도 못할 거면서 왜 이렇게 많이 사느냐고 물었다. 아침에 아빠한테 용돈을 많이 받았다고 말했지만 사실 거짓말이었다. 미련하게도 일주일 치 용돈을 먹는 데 다 써 버렸다. 후회는 되지 않았다. 일단 달콤하고 푹신한 것들로 내 속을 꽉꽉 채우고 싶었다.

우리는 나무 그늘 밑에 앉아 간식을 먹었다. 밖에서 점심시간을 다 보내고 교실로 돌아갈 생각이었다. 달고, 짜고, 느끼하고, 짭짤하고, 바삭하고, 차갑고, 촉촉하고, 폭신한 것들을 나는 아무 생각 없이 씹어서 삼켰다. 생각해 보니 예전에는 종종 이런 식으로 스트레스를 해소했다. 배가 터질 정도로 빵빵해져서 교복 치마 단추를 하나 풀었다. 아영이는 평소 같지 않은 나를 위로하고 싶었던지 지우 욕을 대신 해 주었다.

"사실, 난 네가 아깝다고 생각했어. 걔 왕자병 심하잖아. 엄청 예민하고. 솔직히 네가 다 맞춰 주는데 그렇게 고마워하는 거 같지도 않더라."

"왕자병까진 아닌데."

"뭐 아파서 그런 건 아는데, 그 정도로 다른 사람 눈치 보게 하는 애하고는 거리 두는 게 낫지 않아? 피곤하잖아. 희지 너도 그냥 잘 됐다고 생각해."

내 편을 들어 주고 싶어서 하는 말이라는 것은 알지만 이상하게 아영이의 말이 불편했다. 다른 아이들이 지우 눈치를 본 적이 있나? 오히려 지우가 아이들의 눈치를 보았다. 피해를 주는 것도 아닌데 도시락 싸 오는 이유를 몇 번이나 설명했다. 배려 없는 질문에도 끝까지 유쾌한 척하며 속내를 감췄다. 복숭아 향 향수를 쓰지 말아 달라고 부탁을 하면서 대신 현경이에게 무화과 향이 나는 핸드크림을 선물했다고 들었다. 지우의 어머니가 준비한 것이겠지만 어쨌든 그런 식으로 지우는 다른 사람들의 기분을 상하지 않게 하기 위해 노력하는 사람이었다.

기분은 조금도 나아지지 않았고, 그늘 아래에 있어도 습한 공기에 숨이 턱턱 막혀 왔다. 자꾸 토기가 올라오려 했다. 나는 아영이에게 먼저 들어가겠다고 말한 후 교실로 뛰어 들어왔다. 반 아이들은 아이돌 노래를 크게 틀어 놓고 따라 부르거나, 태블릿으로 게임을 하거나, 사물함 위에 올라가서 잠을 자고 있었다. 오직 지우만 엎드린 그 자세 그대로였다. 에어컨 바람에 바깥에서 흘린 땀이 순식간에 식어 몸이 부르르 떨렸다.

이지우, 일어나, 일어나, 하고 불러 봤지만 교실의 소음 때문인지 지우는 고개를 들지 않았다. 지우 어깨를 잡고 억지로 흔들어 깨웠다. 부스스 일어나는 그 애를 일으켜 한 손에는 도시락 가방, 다른 한 손에는 지우의 손을 쥐고 교실 밖으로 나왔다. 지우가 어디 가느냐고 물어도 대답하지 않고 1층 상담실로 향했다. 그곳에는 책걸상 두 개 말고는 아무것도 없었다. 책상

두 개를 붙여서 의자에 지우를 앉혔다.

"먹어, 빨리."

"안 먹고 싶어."

"먹어."

지우는 아무것도 먹히지 않는다며 입을 꾹 다물었다. 나는 도시락 가방을 열어 반찬 통 하나하나를 지우의 코앞에 갖다 댔다.

"왜 안 먹어. 정성 들여 싸 주신 건데. 다 맛있어 보이는데 왜 안 먹어. 너 약도 먹어야 하잖아."

그래도 지우는 나를 가만히 바라볼 뿐 아무 반응이 없었다. 과일 칸에는 샤인 머스캣이 가득 차 있었다. 나는 반찬 통을 책상 위에 내려놓고 지우의 맞은편에 앉았다.

"먹기 싫어도 그냥 참고 먹어. 정말 신경 쓰인다. 머리 아파, 너 때문에."

더 솔직하게 말하면 머리가 아니라 마음이 아픈 거였지만, 이상한 자존심 때문에 머리가 아프다고 말해 버렸다. 그런데 그 말에 지우는 조금 원망스러운 표정을 지었다. 무언가가 치밀어 오르는 것을 참을 수 없는 표정을.

"나도 유난 떨고 싶지 않아."

"뭐?"

"참아서 해결할 수 있는 거라면 나도 참고 싶어. 아무거나 잘 삼키고 잘 소화시키고 싶어. 모난 곳 없이 건강하게 보이고 싶어. 특히 너한테는. 근데 이미 다 망한 거지? 내가 이상해 보일 거야. 예민하고 괴팍해 보일 거야."

지우는 토해 내듯 말했다.

나는 밥 얘기를 한 것뿐인데, 지우는 느닷없이 자기 속 얘기를 꺼내 놓고 있었다.

"솔직히 말해 줄까? 안 그래 보이려고 내 딴에는 노력한 거야. 내 본색을 알게 되면 넌 분명히 날 싫어하게 될 테니까. 내가 얼마나 사람들을 싫어하는지, 얼마나 우리 반 애들의 질문을 성가셔하는지 알게 되면 실망할 거야. 나는 항상 그래. 불쑥불쑥 화가 나. 아무한테나 화풀이를 하고 싶어."

그때 5교시 예비 종이 쳤다. 도시락에는 손도 대지 못했는데 어느새 시간이 다 흘러가 버린 것이었다. 지우는 조금 초조해진 탓인지 정리되지 않은 말들을 쏟아 냈다.

"화풀이한 거, 화풀이하고 나서 기껏 생각한 결론이 헤어지자는 거였던 거, 헤어지자고 하면서 이상한 이유들 갖다 붙인 거, 솔직하지 못했던 거, 다 미안해."

지우가 자기 속 얘기를 이렇게 솔직하게 털어 놓는 것을 처음 보았다. 아니, 이렇게 길게 말하는 것 자체가 처음이었다. 이럴까 봐 지금까지 참아 왔던 걸까?

"괴팍하다고 생각한 적 없거든? 왜 내 마음을 네 마음대로 판단해. 오히려 난 완전히 반대로 생각하고 있었는데. 내가 만나 본 사람 중에서 네가 제일 섬세해. 조금 더 느슨해지면 어떨까 상상해 본 적은 있지만 억지로 느긋해지려 노력하지 않아도 돼. 이대로도 좋아. 너랑 친해지면서 비껴 내 모습이 나쁘지 않았어. 난 원래 둔감하고 투박했는데, 지금은 좀 달라진 것 같아."

지우는 내 말을 하나도 놓치지 않겠다는 듯이 나를 빤히 바라보았다.

"나도 조심성을 키울게. 건강해질게. 우리 같이 있으면 좀 더 안전해지지 않을까. 뭣보다 난 너랑 같이 먹는 도시락이 좋아졌단 말이야."

수업 시작 종이 쳤다. 원래라면 수업에 늦지 않기 위해 벌떡 일어나 서둘러 교실로 향했을 지우가 오롯이 나에게만 집중하고 있었다. 나는 장난스럽게 샤인 머스캣 세 알을 연달아 지우 입에 넣었고, 지우는 다람쥐처럼 입안 가득 과일을 물고 있다가 웃음을 터뜨렸다.

"꼭꼭 씹어서 삼켜. 천천히. 내가 기다려 줄게."

수업이 시작됐는지 교내가 조용했다. 누군가 창문을 열어 놓은 모양인지 문틈 새로 후텁지근한 바람이 들어와 커튼이 나부꼈다. 지우의 이마에 맺힌 땀방울을 손등으로 닦아 주며, 나는 이 순간을 오랫동안 기억하게 되리라고 생각했다.

　지난여름, 학생 토론 대회에 강사로 참여했다. 쉬는 시간에 학생들과 대화를 나누다 최근 가장 큰 스트레스 요인이 무엇이냐고 물었다. 학업 스트레스나 교우 관계에서 느끼는 초조함은 예상했던 바라 놀랍지 않았지만, 생각보다 많은 아이들이 '기후 우울증(Climate Depression)'을 앓고 있다고 말해 가슴이 서늘해졌다. 기후 우울증이란 기후 변화가 본인과 가족, 친구를 비롯해 국가와 인류에도 위기를 가져올 것이라 여겨 불안과 스트레스를 느끼는 현상을 말한다. 찾아보니 이러한 용어가 나온 지는 10년도 되지 않았다. 나는 이런 증상과 무관한 청소년기를 보냈지만, 2024년 현재를 살아가는 청소년들은 기후 위기에 대한 두려움을 일상적으로 공유하고 있는 것이었다.

　기후 우울증에 대해 알아 가는 과정에서 원인 불명의 호흡기 질환이나 피부 질환, 알레르기 등 청소년들을 괴롭히는 또 다른 불편들이 무수히 많다는 것을 알게 되었다. 발병 원인이 한두 가지로 설명되지는 않지만 환경적인 요인이 크게 작용하는 것으로 여겨진다.

　아이들에게 (그리고 우리에게) 닥친 거대하고 선명한 재앙을 피할 방법이 있을까. 극복이나 돌파 같은, 극적이고 극적이기에 편리한 단어들로 독자들을 속이는 것은 아닐까. 나는 고민했다. 하지만 내가 만난 아이들은 이미 나보다 확실하게 알고 있는 것 같았다. 미세 먼지처럼 이미 촘촘하게 도래한 미래를 비껴갈 방법이란 없으며 고작 우리가 할 수 있는 것은 함께하는 것, 어떻게 해서든 잡은 두 손을 놓지 않는 것이라는 것을.

　학생들과 대화를 나누며 또 한 번 나의 부족함을 깨달았다. 내일은, 모레는, 미래에는 조금 더 나은 글을 쓸 수 있기를 바라며 여름을 함께한 글을 떠나보낸다.

백온유

바코드 데이

위해준

위
해
준

2019년 웅진주니어문학상을 수상했으며,
2022년 서울문화재단 창작 지원금을 받았다.
장편동화『모두가 원하는 아이』, 그림책『한 사람』을 썼다.

매달 마지막 주 금요일, '바코드 데이'가 열리는 날이면 강당은 바코드 찍는 소리로 가득하다.

삑, 삑.

바코드 찍는 소리처럼 설레는 것이 있을까.

나란히 생체 바코드를 찍고 3초만 기다리면 둘이 잘 맞는 사이인지 확인할 수 있으니까.

만약 '그 일'이 없었더라면 구본구는 설레는 마음으로 바코드 데이를 맞았을 거다. 하지만 본구는 지금 등짝에 진행 요원이라는 글씨가 커다랗게 박힌 빨간 조끼를 입고, 바코드를 찍어 보기 위해 분주하게 움직이는 아이들을 바라볼 뿐이다.

최초로 생체 바코드를 만든 사람은 이런 날이 올 줄 몰랐을 것이다. 처음에 바코드는 어떤 식재료가 나와 잘 맞는지 확인하는 데 활용되었다. '음식 궁합'으로 시작된 바코드 인증은 옷이나 신발처럼 몸에 닿는 물건들로 이어지더니, 집이니 건물처럼 자신과 맞는 공간을 확인하는 방식으로 확장됐다.

삑, 삑.

나란히 바코드를 찍어 보면 무엇이 나와 잘 맞는지 확인할 수 있는 시대가 열린 것이다.

흡사 스마트폰의 보급처럼 상승세를 이어 가던 생체 바코드에도 한 차례 위기가 있긴 했다. 국내 한 기업이 회사와 잘 맞는 인재를 구한다는 명목으로 신입 사원 채용에 바코드를 도입하던 시점이었다. 바코드 인증의 적중률을 높이기 위해 개인 정보를 최대한도로 제공해야 한다는 조건이 붙었는데, 정보를 제한적으로 업로드한 사람은 구직에 불이익을 겪게 되니 불공정하다는 반론이 제기됐다.

반면 원하는 회사에 자리를 얻기 위해서는 자신의 모든 정보를 기꺼이 제공할 수 있으며, 잘 맞는 회사에서 일하는 것이 모두에게 이익이라는 입장이 제기돼 팽팽히 맞섰다.

이런 흐름을 이어 받은 것이 결혼 정보 회사였다. 생체 바코드 인증을 통해 누가 나와 잘 맞는 사람인지 미리 확인할 수 있다면, 결혼 성사율과 출산율은 높아지고 이혼율은 줄어들리라는 핑크빛 전망이 나왔다.

중·고등학교에 바코드 데이가 도입된 것도 이와 무관하지 않았다. 국민 건강부 장관은 "10대부터 자신에게 맞는 짝을 만나 건강한 파트너십을 형성하면 국가 발전에 도움될 것"이라며, 공립 학교부터 바코드 데이를 도입하라고 지시했다.

이렇게 해서 전교생이 한 달에 한 번 강당에 모여 원하는 사람과 바코드를 찍어 보고 '커플 인증'을 받을 수 있는 날, 바코드 데이가 생겨 났다.

생체 바코드를 생산하는 L기업은 바코드 데이 도입 시기에 맞춰 10대를 대상으로 파격적인 할인 이벤트를 진행했고, 청소년의 생체 바코드 가입률은 급증했다. 국민 건강부 장관이 L기업 회장 아내의 오빠라는 사실을 아는 사람은 많지 않았다.

구본구 역시 이 사실을 알 리 없었다. 본구의 관심사는 단한 가지, 설려은이 누구와 커플이 될지였다. 비록 오늘은 바코드 데이에 참여할 자격을 갖지 못했지만 본구도 려은과 커플인 적이 있었다. 누군가 캐묻지 않으면 일부러 밝힐 생각은 없지만 그것은 본구의 첫 번째 커플 경험이었다.

이전에도 본구는 좋아하는 아이가 있긴 했다. 하지만 커플이 되지는 못했다. 공식적인 커플로 인증받으려면 바코드를 나란히 찍어 봐야 하는데, 본구가 다니던 학교에는 바코드 데이가 없었다. 그 말인즉슨 좋아하는 아이와 단둘이 '바코드 부스'에 가야 한다는 의미였다.

본구는 성격상 그런 말을 먼저 꺼내기가 힘들었고, 백번 용기를 내어 함께 바코드 부스에 간다고 해도 난관은 있었다. 두 사람이 커플이 될 수 있을 정도로 잘 맞는 사이라면 나란히 바코드를 찍었을 때 '피트 FIT' 판정을 받겠지만, 그렇지 않다면 '언피트 UNFIT' 판정을 받게 될 터였다.(드물지만 '홀드 HOLD' 판정이 뜨는 경우도 있는데, 이 경우는 한 달 뒤 다시 결과를 확인해야 한다.)

바코드 데이가 있으면 사정이 달랐다. 전교생이 참여하는 행사인 만큼 자신과 잘 맞는 사람을 찾아 나서는 것이 자연스러웠다. 나란히 바코드를 찍었을 때 언피트나 홀드 판정을 받더라도 빠르게 다른 사람을 찾아 나서면 그만이었다. 본구처럼 요령도 용기도 부족한 아이들에게는 커플이 될 수 있는 더할 나위 없는 기회인 셈이었다.

전학 온 학교에 바코드 데이가 있다는 사실을 알았을 때 본구의 심장은 기대감으로 들썩였다. 하지만 막상 그날이 다가올수록 본구의 눈 밑은 거뭇해지고 피부는 거칠어졌다. 누구에게 바코드를 찍어 보자고 해야 할지, 상대방이 거절하면 어떻게 대처해야 할지, 바코드를 몇 번 찍어 봐야 자신과 맞는 사람을 만나게 될지 모든 것이 미지수였다. 수많은 물음표들은 본구의 심장을 졸아들게 했고, 수면 시간을 갉아먹었다.

처음 바코드 데이에 참석하던 날, 본구는 바람을 넣은 지 1년은 지난 듯한 고무풍선 같은 상태로 강당에 들어섰다.

삑, 삑. 삑, 삑. 삑, 삑. 삑, 삑.

바코드 찍는 소리가 이어질수록 본구는 더더욱 초조해졌다. 이대로 자기 안의 기운이랄까 기대감 같은 것들이 모조리 빠져나가 아무것도 해 보지 못한 채 소중한 기회를 놓치지는 않을까 걱정하던 그때, 예상하지 못한 일이 벌어졌다.

"야, 설려은! 전학생이랑 바코드 찍어 봐. 쟤는 바코드 데이 처음이래."

"여자랑 바코드 찍어 본 적 한 번도 없을걸?"

"네가 한 수 가르쳐 줘. 넌 프로잖아."

아이들이 등을 떠밀자 려은은 못 이기는 척 본구 쪽으로 다가와 얼굴을 드밀었다.

"나랑 바코드 찍어 볼래?"

려은처럼 인기 있는 아이와 나란히 바코드를 찍게 되리라고 생각하지 못한 본구는 손끝이 파르르 떨렸다. 솔직히 결과가 어떻게 나오든 상관없었다. 일단 찍어 보기라도 한 거니까.

삑, 삑.

나란히 생체 바코드를 찍어 본 결과, 구본구와 설려은은 커플이 되기에 적절하다는 피트 판정을 받았다. 이어 두 사람은 커플 인증을 받을지 말지 결정해야 했다.

그날 이후, 본구는 자주 그 순간을 떠올렸다. 려은과 함께 하교하려 기다리던 낮에도, 려은에게 연락이 닿지 않던 밤에도, 려은이 일방적으로 커플을 해지했다는 사실을 알았을 때도, '그 일' 이후 경찰 조사를 받던 순간에도, 본구는 나란히 바코드를 찍었던 때를 떠올렸다.

만약 그때, 커플 인증을 받지 않았으면 어땠을까.

하지만 본구에게는 선택권이 없었다. 려은이 "어떻게 할래?"라고 물었을 때 '난 무조건 좋지.'라고 말하지 않기 위해 침을 꿀꺽 삼키는 것 외에는 할 수 있는 게 없었다. 먼저 바코드를 찍자고 한 사람도, 커플이 되자고 한 사람도 려은이었다. 한 마디 상의도 없이 커플 인증을 끊어 버린 쪽도 려은이었다. 그렇다면 자신은 '커플'이라는 이름 안에서 대체 무엇을 한 건지, 본구는 그게 참 헷갈렸다.

"진행 요원, 처음이지?"

본구가 멀뚱히 바코드 찍는 아이들을 바라보고 있는데 누군가 말을 걸었다. 본구처럼 빨간 조끼를 입은 아이였다. 왼쪽 눈 아래 붉은 점이 인상적이었다. 슬쩍 이름표를 보니 홍 씨 성이 눈에 들어왔다. '홍' 옆에 선 아이는 빨간 조끼를 성의 없이 걸친 채 손에 든 스마트 패드만 보고 있었다. 이름표가 절반 정도 가려져 있었는데 마지막 글자가 '원'이었다. 그 옆에 선 아이는 다른 아이들보다 머리 하나 정도가 컸다. 상냥하게 눈웃음을 짓는 아이의 이름에는 '수'가 들어 있었다. 진행 요원 조끼를 입지 않은 모습에 슬쩍 수의 손등을 보니 역시나 생체 바코드가 선명했다.

본구는 은근슬쩍 자신의 손등을 감싸며 조끼를 입은 두 아이의 손등을 살폈다. 본구에게 말을 건 홍은 생체 바코드가 장착되지 않아 손등이 매끈했고, 미간을 찌푸린 채 스마트 패드를 들여다보는 원은 바코드가 희미했다. 일시적인 비활성화 상태라는 의미였다, 본구처럼.

순간 본구는 진행 요원 활동 가이드 중 '바코드 비활성화 상태 요원에 대한 보고와 보상' 항목이 떠올랐다. 뭐든 수상한 행동을 보거든 보고하라는 내용이었는데, 잘 이해되지 않아 가이드 봇에게 질문을 했다.

─수상한 행동이라는 게 뭐야?
+생체 바코드 또는 바코드 데이를 위협하는 행동을 말합니다.

바코드 데이를 위협한다는 말이 여전히 이해되지 않아 다시 물어보려다가 질문을 바꾸었다.

─보상은 어떤 거야?
+생체 바코드 비활성화 기간을 단축할 수 있습니다.

솔깃한 답이었다. 무엇이든 보고하기만 하면 보상을 받을 수 있냐는 질문에 가이드봇은 이렇게 답했다.

+보상은 보고된 내용의 효용성에 따라 결정됩니다. 보고할 내용을 스스로 판단하기보다 의심이 가는 것은 무엇이든 보고해야 보상받을 확률이 높아집니다.

가이드 봇의 말에는 오류가 없었지만 마음이 개운하지 않았다. 본구는 누군가의 수상함을 보고할 수 있지만, 보고의 대상이 될 수도 있었다. 바코드가 비활성화되었다는 이유만으로 누군가 자신을 감시의 대상으로 여긴다는 사실이 속상했다.

솔직히 본구는 억울했다. 잘못을 하지 않았다는 건 아니지만, 저지른 죄에 비해 처벌이 너무 과하게 느껴졌다.

바코드 비활성화 3개월이라니.

왼쪽 손등에 장착된 생체 바코드는 바코드 데이에만 사용하는 것이 아니었다. 교통 카드, 신분증으로 쓰였고 무엇을 먹을지, 어디에 머무를지처럼 일상의 크고 작은 결정을 내리는 데 반드시 필요했다.

바코드 없이 살아가기 힘들게 만들곤 바코드를 빼앗아 버리다니. 희미하게 처리된 바코드를 보노라면 본구는 이 세상에서 자신의 존재가 희미해진 듯한 착각마저 들었다. 바코드 데이 진행 요원을 자원한 것도 하루라도 빨리 이 상태에서 벗어나기 위해서였다. 만약 누군가의 수상한 행동을 보고해서 보상을 받는다면 예상보다 빠르게 원래의 삶을 되찾을 수 있을 거였다.

본구는 잠시 기대에 차올랐다가 금세 한숨을 내쉬었다. 려은의 얼굴이 떠올랐기 때문이다. 바코드 기능을 돌려받는다고 해도, 려은과 다시 커플이 되는 일은 없을 것이다.

본구도 알고 있었다. 한시바삐 려은을 잊어야 했다. 려은과 나란히 바코드를 찍었던 순간을, 짧게나마 커플이었던 순간을, 돌이킬 수 없는 그 순간들을 말끔히 지워야 편해지리라는 사실을 알고 있었다.

머리로는 뻔히 아는 일을 마음으로 해내지 못한다는 사실이 본구를 숨 막히게 만들었다. 이런 이야기를 털어놓을 곳도 없었다. 바코드 비활성화 기간 동안에는 AI 상담 서비스를 무료로 이용할 수 있었지만, 내키지 않았다. 상담을 신청하면 자신에게 문제가 생겼다는 사실을 인정하는 것 같았기 때문이었다.

본구는 예고 없이 다가온 삼총사의 눈길을 피하며 앞꿈치로 바닥을 툭툭 쳤다. 별다른 용건이 없으면 그들은 본구를 스쳐 지나갈 터였다.

그때 날카로운 경고음이 강당을 채웠다. 재난 대피용 알람이었다. 요란한 사이렌 소리는 쉴 새 없이 이어지던 삑, 삑, 삑, 삑 바코드 찍는 소리는 물론 재잘대는 말소리, 작은 한숨 소리, 어색한 눈빛까지 일순 덮었다.

경고음이 울리면 대피소로 이동해야 하는데, 대피소 입구에서 바코드를 찍고 커플 상태가 확인되면 먼저 입장이 가능했다. 나머지 아이들은 커플들이 모두 대피소에 들어갈 때까지 대기해야 했다.

실제 재난 상황이 아닌 줄 알면서도 본구는 입안이 바싹 마르고 주먹이 쥐어졌다. 처음으로 재난 대피 수칙을 확인했던 날이 떠올랐다. 그날 밤 본구는 이런 꿈을 꾸었다.

축구 경기장보다 커다란 우주선을 타고 온 외계인들이 레이저 건을 쏘아 댄다. 높다란 건물들이 푹푹 무너지고 곁에는 아무도 없다. 본구는 잠옷을 휘날리며 온 힘을 다해 뛴다. 폭탄이 터지고 파편이 날아오는 와중에도 멈추지 않는다.

마침내 대피소 앞에 도착했을 때 외계인이 본구에게 무언가를 겨눈다. 레이저 건이 아니라 바코드 스캐너다. 순간 본구는 겁에 질린다. 자신이 커플 상태가 아니라는 사실이 생각났기 때문이다. 어디선가 둘씩 짝지은 아이들이 줄지어 등장해 팔짱을 끼고 손을 흔들며 지나간다. 본구는 그 모습을 바라보다 맥없이 주저앉는다. 점점 공기가 줄어들고 숨 쉬기가 힘들어진다. 그리고 마침내…….

잠에서 깨어서도 한동안 숨이 제대로 쉬어지지 않을 정도로 생생했지만 본구는 이 꿈에 대해 누구에게도 말한 적 없었다. 커플이 아니라는 이유로 지구 종말의 순간에 혼자 남겨질까 두려워한다는 사실이 창피하게 느껴졌다. 하지만 대피 경고음이 울릴 때마다 본구는 심장이 빠르게 뛰고 숨이 가빠졌다. 꿈속에서 느낀 절망감이 현실로 고스란히 이어지는 기분이었다.

"너, 괜찮아?"

눈 밑에 붉은 점이 있는 홍이 본구의 얼굴을 살폈다. 희미하게 고개를 흔들며 신경 쓰지 않아도 된다는 기색을 내비치자 홍은 시선을 거두었다. 대신 본구의 팔을 가볍게 끌며 말했다.

"가자. 진행 요원은 대피소 앞에서 정렬해야 해."

대피소 앞에는 이미 둘씩 짝지은 아이들이 길게 늘어서 있었다.

삑, 삑. 커플이 인증되었습니다.

삑, 삑. 커플이 인증되었습니다.

삑, 삑. 커플이 인증되었습니다.

커플들이 나란히 대피소로 입장하는 모습을 지켜보며 본구는 작게 숨을 내쉬었다. 혹시라도 다른 아이와 커플 인증을 하는 려은을 보게 될까 봐, 려은이 빨간 조끼를 입은 자신을 보게 될까 봐 마음이 졸아들었다.

"일부러 이러는 거잖아. 위기감 느끼라고. 짜증 나, 진짜."

내내 스마트 패드만 보던 원이 불만 가득한 표정으로 팔짱을 끼자 눈웃음이 상냥한 수가 엎질러진 물을 닦아 내듯 슬쩍 나섰다.

"왜 이래, 대피 훈련은 다른 날에도 하잖아."

"그러니까 말이야. 다른 날 해도 되는데 왜 굳이 바코드 데이에……."

이번에는 홍이 본구에게 말을 걸며 대화의 흐름을 바꿨다.

"괜찮으면, 이따 우리랑 같이 점심 먹을래?"

본구는 얼떨결에 고개를 끄덕였다. 바코드가 비활성화된 후 난감한 것 중 하나가 점심시간이었다. 급식실 앞에서 생체 바코드를 찍으면 오늘의 식단은 물론, 어느 자리에 앉아야 할지 가르쳐 주었다. 나에게 오늘 어떤 음식이 필요한지, 누구와 나란히 밥을 먹을지 고민할 필요가 없었다.

바코드를 사용할 수 없게 되자 모든 것을 알아서 해야 했다. 평소 맛이 궁금했지만 바코드가 허락하지 않던 음식들을 먹어 볼 수도 있었다. 그렇지만 그런 무모함은 본구와 어울리지 않았다. 본구는 매번 자판기에서 '퍼펙트바'를 골랐다. 하루치 영양분을 고루 섭취할 수 있다면 그걸로 충분하다고 스스로를 납득시켰다.

삼총사는 본구와 달랐다. 바코드가 있든 없든, 자기가 먹을 음식은 제 손으로 골랐다. 어떤 음식을, 얼만큼 먹을지 스스로 정하는 모습이 본구에게는 낯설기만 했다. 퍼펙트바를 들고 테이블 옆에 뻘쭘하게 서 있는 본구를 보며 홍이 말했다.

"얼른 앉아. 같이 먹자."

본구가 자리에 앉으려는데 누군가 어깨를 세게 부딪치며 지나갔다. 본구의 몸이 뒤로 젖혀질 만큼 강도가 셌다. 바코드가 비활성화된 후에 본구는 이런 일을 종종 겪었다. 생체 바코드를 사용하지 않으면 몸에 가해진 충격이 기록에 남지 않는다는 사실을 악용하는 아이들 때문이었다.

"미안."

본구를 친 아이는 뒤통수를 보이며 손을 살랑살랑 흔들었지만 하나도 미안하지 않은 기색이었다. 그런 모습은 전혀 놀랍지 않았다. 본구가 놀란 건 맞은편에 앉아 있던 원의 반응이었다. 원은 스마트 패드를 탁 내려놓더니 벌떡 일어나 소리를 질렀다.

"야! 제대로 사과해!"

정말로 화가 났는지 원의 짙은 눈썹이 꿈틀거리는 게 선명하게 보였다. 본구는 자신 때문에 무슨 일이 일어날까 봐 조마조마했다. 혹시 어깨를 치고 간 아이가 돌아올까 뒤돌아보니 아이는 이미 가 버리고 없었다.

"갔다, 갔어. 밥이나 먹자."

홍이 팔을 잡아 끌자 원은 자리에 풀썩 앉아서 흑미밥을 크게 한 숟가락 입에 넣었다. 분이 풀리지 않는다는 듯 반찬도 없이 밥을 씹어 대던 원이 숟가락을 탁 내려놓았다.

"저런 머저리들 때문에라도 내가……."

"나, 이 시금치 무침 먹어도 돼?"

수가 어색하게 끼어들자 홍도 뒤따라 말했다.

"나, 난 돈가스 먹어 볼래."

친구 반찬을 집어먹는 삼총사의 모습이 옛날 드라마에서 본 학교생활 같아서 본구는 피식 웃음이 났다. 홍이 왜 자신을 챙겨 주는지, 제멋대로 구는 원이 어떤 비밀을 가지고 있기에 두 친구가 이토록 어설프게 막아서는 건지 본구는 알 수 없었다.

그래도 괜찮았다. 혼자가 아니라는 사실에 안심이 됐다. 씹어도 씹어도 아무 맛이 느껴지지 않던 퍼펙트바가 조금은 고소하게 느껴졌다. 잠시나마 진행 요원으로 지내는 것도 나쁘지 않다는 생각을 했다.

설려은과 마주치기 전까지는.

점심을 먹고 삼총사와 함께 강당을 어슬렁거리는데 익숙한 목소리가 들렸다.

"이거 놓으라고. 싫다고 했잖아."

순간 본구는 몸이 살짝 굳었다. 누구 목소리인지 단번에 알아차렸기 때문이다. 려은은 본구와 멀지 않은 곳에 있었다. 덩치가 제법 큰 아이가 려은의 손목을 잡고 선 모습에 본구는 자기도 모르게 주먹이 쥐어졌다.

홍은 망설임 없이 소란이 일어난 곳으로 향했고, 본구도 뒤를 따랐다.

"너희, 개입이 필요할 것 같은데."

홍의 말에 둘은 동시에 대답했다.

"맞아."

"아니."

덩치 큰 아이가 려은의 팔을 잡아당기자 스마트 패드를 겨드랑이에 낀 원이 덩치의 어깨를 힘주어 잡았다.

"뭐야, 요원이면 다야?"

덩치가 원의 팔을 거칠게 밀치자 수가 성큼 앞으로 나섰다. 분위기가 험악해지자 홍이 주머니에서 요원용 스캐너를 꺼내 들었다. 그걸 본 본구는 마음이 놓였다. 스캐너는 리더 역할을 하는 진행 요원에게만 주어지는 물품이었고, 홍이 상황을 정리할 수 있으리라는 기대가 생겼다.

"상대방이 싫다고 하면 물러서는 게 기본 원칙……."

덩치는 홍의 말을 끊고 려은을 향해 위협적으로 다가섰다.

"야, 너는 아무하고나 바코드를 찍고 다니면서 왜 나만 안 된다는 건데?"

려은은 기가 찬다는 듯 코웃음을 치더니 덩치를 똑바로 마주 보고 섰다.

"이게 내 바코드지, 네 바코드냐?"

"누가 그게 내 거래? 한번 찍어나 보자는 건데……."

"싫다고 했잖아. 내 거 내 맘대로 하는데 무슨 상관이냐고."

"왜 나한테만 이러는 건데!"

덩치가 분을 이기지 못하고 악을 쓰자 홍이 둘 사이를 가로막았다.

"상대방을 위협하는 행위는 감점 대상이야. 경고했어. 한 번만 더 소리를 지르면 네 바코드를……."

"야, 지금 나만 잘못했냐? 내가 왜 이렇게 됐는데. 쟤가 나랑 바코드만 찍었으면 이런 일 없었잖아."

원이 못 참겠다는 듯 끼어들었다.

"무슨 헛소리야? 상황을 엉망으로 만든 건 너야. 싫다는 말 안 들려? 너랑 찍기 싫다잖아."

하지만 덩치는 려은이 아닌 다른 사람의 말은 들을 필요 없다는 듯 오직 려은을 향해 디가가며 소리쳤다.

"나랑 찍으면 네 바코드가 닳기라도 하냐? 대체 왜 나한테만……."

려은이 두 손으로 귀를 막더니 발을 쾅쾅 굴렀다.

"아아, 그만 좀 해. 지겨워. 지겹다고. 바코드 찍고 커플 등록하고, 커플 해제되면 다시 바코드 찍고……. 내가 싸구려 물건이 된 것 같은 기분이 들어. 바코드가 진짜 제대로 된 거라면 이런 기분이 들면 안 되잖아?"

덩치는 려원을 빤히 보더니 홍을 향해 외쳤다.

"바코드에 대한 부정적인 발언은 감점 대상이잖아. 뭐 해? 감점 처리 안 하고?"

홍이 윽박지르는 덩치를 똑바로 봤다.

"그걸 왜 네가 판단해?"

그사이 려은은 둘러선 아이들을 밀치고 강당 문 쪽으로 걸어갔다. 덩치는 려은을 따라가려다가 본구와 삼총사를 둘러보고는 "에이 씨." 짜증스러운 소리를 냈다. 그러더니 마침 지나가는 아이의 팔을 붙잡았다.

"나랑 바코드 찍어 볼래?"

팔을 잡힌 아이가 덩치를 위아래로 훑어보더니 고개를 끄덕였다. 나란히 바코드를 찍으러 가는 두 아이의 모습에 본구는 안도해야 할지, 허탈감을 느껴야 할지 헷갈렸다.

바코드 데이 진행 요원에게 혼자만의 감상에 잠길 여유는 허락되지 않았다. 근처에서 다투는 소리가 들려왔고, 본구 무리는 그쪽으로 향했다.

"몇 번을 말해? 내가 커플 해제한 게 아니라고!"

"나도 마찬가지야. 네가 끊은 것도 아니고, 내가 끊은 것도 아니면 커플 인증이 저절로 해제됐다는 거야? 그게 말이 돼?"

홍은 조용히 한숨을 내쉬고는 둘에게 말을 걸었다.

"혹시 커플 해제 기능에 문제가 생긴 거라면……."

두 아이가 동시에 외쳤다.

"그래, 맞아!"

"최근 개인 설정이 임의로 변경되는 오류가 발생하고 있는데……."

"그런 얘기는 처음 듣는데……. 그럼 우리도 그런 경우라는 거야?"

차분히 스캐너를 꺼내든 홍은 설명을 이어 갔다.

"두 사람 다 커플 해제를 요청한 적 없다면 개인 설정 오류 점검을 신청할 수 있어."

새롭게 알게 된 사실은 본구를 초조하게 만들었다. 지금 저 문 밖으로 달려 나가 려은에게 묻고 싶었다.

'혹시 너도 커플 인증이 해제되어 있었어? 난 해제 안 했거든. 내가 해제했다고 오해한 거야?'

그때 날카로운 경고음이 또 한 번 강당을 채웠다. 사이렌 소리에 귀를 막으며 원이 신경질을 냈다.

"오늘 왜 이래? 재난 대피 쇼는 아까 했잖아."

수가 주변을 두리번대며 말했다.

"아냐. 이거 대피 훈련이 아닌 것 같…….."

그 말이 끝나기도 전에 본구는 몸이 크게 흔들리는 것을 느꼈다. 바닥에 엎어질 정도는 아니었지만 급정거하는 버스에서 가까스로 균형을 잡을 때의 느낌이었다.

"일단 움직이자. 대피소로."

홍의 말에 본구는 아이들과 함께 움직였다. 그러면서도 계속 려은이 신경 쓰였다. 본구는 이런 긴박한 순간에 려은을 떠올리는 자신이 미웠다.

커플 인증이 해제되었다는 사실을 본구가 알게 된 건 려은과 커플이 된 지 한 달이 채 지나지 않은 날이었다.

처음 누군가와 커플이 된 본구는 해 보고 싶은 것이 많았다. 공식적으로 커플 등록을 하면 여러 혜택이 주어졌다. 대중교통은 물론 인기 있는 공연이나 놀이공원을 한 사람 가격으로 이용할 수 있었다. 쇼핑도 마찬가지였다. 카페, 식당은 물론 옷 가게, 신발 가게에서 '커플템'을 선택하고 바코드를 인증하면 자동으로 한 명 가격만 계산되었다.

이런 혜택들을 누리고 싶은 마음이 없었던 건 아니지만 본구가 기대한 것은 따로 있었다. 본구는 려은과 함께 길을 걸으며 오늘 무슨 일이 있었는지 이야기하고 싶었다. 맛있는 것이 생기면 "이거 한번 먹어 봐."라고 챙기고 싶었다. 기분이 울적할 때 아무렇지 않게 연락할 수 있고, 기쁜 일이나 힘든 일이 생기면 가장 먼저 이야기할 수 있는 사이. 남들에게 쉽게 털어놓을 수 없는 고민을 나누는 사이.

본구가 기대한 커플의 모습이었다.

려은의 마음은 본구와 다른 것 같았다. 수업을 마치고 본구가 기다리고 있으면 려은은 "이럴 줄 몰랐는데." 하고 반응했다. 반가워하는 기색이 아니라서 실망했지만 본구는 애써 태연한 척 웃어 보였다. 이런 상황이 몇 차례 반복되자 려은은 "이러지 않았으면 좋겠어."라고 말했고, 본구는 더는 웃을 수 없었다. 서운하고 화가 났다. 그래도 본구는 참았다. 려은은 본구의 첫 번째 커플 상대였으니까.

직접 만나기 힘들다면 10대만 접속할 수 있는 가상 공간 '틴스'에서 시간을 보내는 것도 방법이었다. 틴스에는 다양한 커플템이 있었고, 그것들을 구입하기 위해 본구는 부지런히 '프룻'을 모아야 했다. 틴스에서 사용할 수 있는 가상 화폐인 프룻은 정해진 시간만큼 광고를 보거나 각종 이벤트에 참가해서 획득할 수 있었다. 돈을 주고 결제할 수도 있었지만 본구의 부모님은 유료 이용을 허락하지 않았다.

틴스에서 제일 인기 있는 커플 전용 공간을 살 수 있을 만큼 프룻을 모았을 때, 본구는 잠시 고민했다. 이 방을 결제한 다음 려은을 초대할 것인가, 려은에게 어떤 방을 원하는지 물어보고 결정할 것인가. 려은의 의견을 존중하는 것도 좋겠지만 본구는 준비된 모습을 보이고 싶었다.

장바구니에 담아 둔 방을 결제하려는데 예상치 못한 일이 벌어졌다. 구매 불가 알림이 뜬 것이었다. 당황한 본구는 가상 지갑을 확인했다. 프룻은 충분했다. 또 한 번, 다시 한 번 결제를 시도해도 결과는 마찬가지였다. 떨리는 손으로 오류 확인 버튼을 클릭한 순간, 본구는 제 눈을 의심했다.

해당 상품은 커플 인증이 된 사람만 구매 가능합니다. 자신의 상태를 확인하세요.

본구는 '내 상태 확인'을 클릭했다. 거기에는 놀라운 진실이 기다리고 있었다.

구본구 님은 커플이 아닙니다.

어떻게 된 일인지 알고 싶었다. 알아야만 했다. 틴스 내의 '사람 찾기' 기능으로 설려은을 검색해 메시지를 보내려고 했지만 려은의 상태는 커플 또는 친구가 보낸 메시지만 수신하도록 설정되어 있었다. 본구는—아주 잠깐 동안—려은과 커플 상태였을 뿐 려은의 친구는 아니었다.

려은이 일방적으로 관계를 정리했고, 자신이 려은에게 당장 연락할 방법이 없음을 알게 된 본구의 마음은 용암처럼 끓어올랐다가 핏기가 모조리 빠져나간 듯 식었다.

시간 가는 줄 모르고 모니터 앞에 앉아 있던 본구는 자신이 컴컴한 방에서 홀로 울고 있다는 사실을 깨달았다. 아무렇게나 눈물을 닦아 내며 본구는 생각했다.

'안 돼. 이럴 순 없어. 이렇게 끝낼 수는 없어.'

헤어질 때 헤어지더라도 왜 헤어지는지 이유는 알고 싶었다. 려은의 마음을 알고 싶었다. 그 마음을 확인할 수만 있다면, 방법 따위는 무엇이라도 상관없었다.

웹사이트에서 커플 해제를 키워드로 검색하니 몇 개의 게시글이 나왔다. 그중 하나를 클릭하는 순간, 팝업 창이 떴다.

개인 정보 열람을 원하십니까.

떨리는 손으로 클릭하자 새로운 페이지가 열렸다. 열람을 원하는 상대에 대해 자신이 알고 있는 정보를 입력하면 그 사람의 생체 바코드에 등록된 내용을 확인할 수 있다는 안내였다.

개인 정보 열람을 원한다면 '다음'을 클릭.

본구는 떨리는 손으로 '다음' 아이콘을 눌렀다. 이름, 나이, 학교……. 려은에 대한 정보를 하나씩 채우면서 생각했다. 자신이 알고 싶은 건 려은의 휴대폰 번호뿐이라고. 아니, 려은이 지금 어디에 있는지 알고 싶을 뿐이라고. 자신을 이렇게 만든 건 려은이라고. 려은이 왜 멋대로 자신을 밀어냈는지 그 이유를 반드시 알아야 한다고.

본구가 려은에 대해 알고 있는 정보를 모두 입력하자 새 창이 떴다.

개인 정보 열람을 진행할 본인의 바코드를 인증하세요.

나중에 이 일로 조사를 받게 되었을 때, 담당 경찰이 본구와 부모님에게 말했다.

"가상 화폐만 털려서 다행인 줄 아세요. 바코드 인증 잘못했다가 본인은 물론이고 부모님 계좌까지 다 털리는 경우도 있다고요."

경찰은 좋은 의미로 한 말이었겠지만, 본구는 속이 쓰렸다. 불법 광고에 바코드를 인증했을 뿐인데 려은과 데이트하기 위해 모아 둔 프롯이 몽땅 사라졌다. 그것은 단순한 가상 화폐가 아니었다. 려은과 함께 시간을 보내기 위한 본구의 노력이었다. 그 노력이 전부 물거품이 된 것은 물론, 본구는 타인의 정보를 몰래 훔쳐 보려고 시도한 파렴치한이 되었고, 처벌로 바코드 비활성화 3개월 처분을 받았다.

사건 이후 학교에서 우연히 마주쳤을 때, 려은은 소리 없이 본구를 지나쳤다. 어찌나 태연한지 본구는 순간 자신이 투명해진 건가 착각이 들 정도였다.

본구는 억울했다. 자신은 파렴치한도, 투명 인간도 아니었다. 불법 광고의 희생양일 뿐이었다. 엄밀히 따지면 본구가 미워해야 할 대상은 미끼를 던진 놈들이었다. 어떤 식으로든 헤어진 상대에 대해 알고자 하는 심리를 이용한 놈들을 미워해야 했다.

하지만 본구는 려은이 미웠다. 죽도록 미웠다. 려은이 그런 식으로 커플을 해제하지 않았더라면, 본구와 커플 등록을 하지 않았더라면, 처음부터 바코드를 찍어 보지 않았더라면 이런 일은 없었을 것이다.

그러면서도 본구는 마음 한쪽이 저렸다.

려은과의 모든 일이 지워지기를 바라는 것인지, 자기 마음을 확신할 수 없기 때문이었다.

강당에서 대피소로 이동하는 동안, 흔들림은 더욱 심해졌다. 몸이 흔들릴 때마다 삼총사는 "어, 조심해." "이쪽으로 붙어." 하며 서로를 챙겼다. 본구에게도 마찬가지였다. 오늘 처음 본 사이라고 생각할 수 없을 만큼 삼총사는 본구를 신경 썼다.

따지고 보면 이들에게는 이상한 점이 한두 가지가 아니었다. 멀쩡한 바코드를 가지고 있지만 바코드가 없거나 사용 불가인 아이와 어울리는가 하면, 요원용 스캐너를 가지고 있으면서 규정대로 벌점을 매기지 않았다.

그보다 수상한 건 따로 있었다. 진행 요원 조끼를 입고서 제 역할을 하지 않는 건 본구도 마찬가지였지만, 원에게서는 예사롭지 않은 분위기가 풍겼다. 제도에 대한 반항심이 느껴진달까. 재밌는 건, 옆에 붙어 있는 두 아이가 감추려고 할수록 원에게 더 눈길이 간다는 사실이었다.

그런데도 본구는 이 아이들에 대해 보고할 마음이 전혀 생기지 않았다. 이 사실을 깨닫고 스스로에게 놀랐다. 바코드 비활성화 기간을 줄일 수 있다면 무엇이든 할 줄 알았는데, 자신에게 그것보다 더 중요한 일―이를테면 지키고 싶은 비밀 같은 것―이 생길 줄은 미처 몰랐기 때문이었다.

콰콰콰콰쾅.

커다란 소리가 울리면서 땅이 심하게 흔들렸다. 상황이 심각한 게 분명했다. 삼총사 중 한 명이 쓰러졌는데 누구인지 확인할 새도 없이 또 한 번 땅이 흔들렸다. 더 큰 일이 벌어지기 전에 한시바삐 대피소로 가야 했지만 본구는 자꾸만 고개를 빼고 뒤를 봤다. 저만치 등나무 아래 벤치를 붙잡고 있는 누군가가 보였다.

'려은일까, 아닐까. 려은이면 어쩌지? 아니면 또 어쩌고.'

더는 망설일 수 없었다. 본구는 벤치를 향해 내달리기 시작했다. 보라색 꽃잎과 흙먼지가 엉망으로 휘날리는 곳에 려은이 있었다.

"저, 저기. 서, 설려은."

본구가 부르는 소리에 려은이 얼굴을 들었다. 얼른 대피소로 가자고 말해야 하는데 딴소리가 나왔다.

"바, 바, 바코드에 오, 오류가 있는 거, 알아?"

"오류? 어떤 오류?"

말을 하는 동안에도 둘의 몸이 이리저리 휘청였다. 본구는 차라리 다행이라는 생각이 들었다. 자신이 더듬대는 이유가 바닥이 흔들리기 때문이라고 둘러댈 수 있으니까.

등나무 줄기를 아무렇게나 잡고서 본구는 다급하게 말했다.

"커, 커플 말이야. 머, 멋대로 해제가 되기도 한다는데……."

얼버무리며 본구는 침을 삼켰다.

제발, 이 모든 것이 시스템 오류 때문에 생겨난 오해이기를.

려원은 본구의 기대를 단칼에 베어 버렸다.

"난 그런 오류 난 적 없는데?"

잠시 모든 움직임이 멈췄다. 본구의 입도, 생각까지도.

얼굴이 시뻘게진 본구가 말을 잇지 못하자 려은은 손으로 흙먼지를 흩트리며 물었다.

"혹시 넌 진지한 거야? 바코드니, 커플이니 이런 거?"

할 수만 있다면 본구는 말하고 싶었다. 려은과 커플이 되고 어떤 기대가 있었는지. 이런 마음을 두고 '진지하다'라고 한다면, 자신은 바코드나 커플에 대해 진지한 것이 맞다고 말하고 싶었다. 하지만 본구의 입에서는 마음과 다른 말이 튀어나왔다.

"아, 아니, 그런 건 아닌데."

려은은 그럴 줄 알았다는 듯 픽 웃었다.

"나도 그래. 생체 바코드에 내 정보가 다 들어가 있다고 해서 그런 걸로 나랑 맞는 사람을 찾을 수 있겠어? 근데 왜 열심히 찍어 보느냐. 방금 전에 봤지? 거절하면 더 귀찮아져. 그래서 그냥 찍는 거야."

려은의 말이 본구의 머릿속에 메아리처럼 울렸다.

그냥 찍는 거야. 그냥. 그냥. 그냥……

려은이 말을 이었다.

"커플도 그래. 인증도, 해제도 너무 쉽잖아? 솔직히 너도 나 아니면 안 될 정도로 내가 좋아서 커플 등록한 건 아니잖아, 안 그래?"

본구는 당당하고 외치고 싶었다.

'아니거든! 너라서 커플한 거거든!'

하지만 려은의 말이 맞았다. 본구는 커플이 되고 싶었고, 바코드가 자신과 꼭 맞는 사람을 골라 주리라 믿었다. 한 치의 의심도 없이.

여전히 본구는 억울했다. 자신은 바코드를 믿었을 뿐이다. 바코드가 골라 주는 사람과 커플이 되면, 서로를 이해하고 아끼는 사이가 될 줄 알았다.

그런데 왜 이런 일이 벌어졌을까.

바코드는 왜 두 사람이 커플이 되라고 '허락'했을까.

본구에게 한 번이라도 커플이 될 '기회'를 주기 위해서?

'커플'이란 게 별거 아니라는 사실을 알려 주기 위해서?

할 수만 있다면 본구는 손등에 이식된 생체 바코드를, 아니 이따위 것을 만든 사람의 멱살이라도 잡고 싶었다. 대체 뭘 위해 이런 짓을 하느냐고, 이런 식으로 사람을 흔들어 놓으면 기분이 좋으냐고, 따지고 싶었다.

그 순간 엄청난 소리가 울려 퍼지더니 땅이 크게 울렁거렸다. 려은이 잡고 있던 벤치가 땅에서 뽑혀 나갔고, 등나무 가지를 쥐고 있던 본구도 벌러덩 넘어졌다. 건물이 무너지기라도 했는지 엄청난 흙먼지가 시야를 가렸다. 눈앞을 손으로 휘저으며 본구는 려은을 찾았다.

"설려은! 어디 있어? 괜찮아? 안 다쳤어?"

대답이 들리지 않자 본구의 눈에 눈물이 차올랐다. 려은이 어디에 있는지, 무사한지 확인하고 싶은데 아무것도 보이지 않는 상황이 답답해 미칠 것만 같았다.

저만치에서 희미한 불빛이 다가왔다. 자그마한 불빛 세 개.

자기 부상 전동기를 타고, 본구를 찾으러 온 삼총사였다.

눈만 뚫린 마스크를 쓴 홍이 본구를 향해 손을 내밀었다.

"여기 있으면 위험해. 얼른 가자."

그 손을 잡아야 한다는 걸 아는데 본구는 자꾸만 뒤를 돌아

봤다. 려은을 두고 갈 수는 없었다. 려은을 찾아야 한다고 말해
야 하는데, 자꾸만 눈물이 났다. 려은이 미워서, 려은에게 미안
해서 본구는 아무 말을 할 수도, 이대로 떠날 수도 없었다.

"챙겨야 할 사람이 있구나?"

홍의 말에 원과 수가 흙먼지 속으로 사라졌다. 잠시 후 숨
막히는 흙먼지 너머로 "찾았다!" "무사해!"라는 외침이 들려왔
다. 자신을 향해 다가오는 작은 불빛들을 바라보며 본구는 손
등으로 거칠게 눈물을 닦아 냈다.

삑, 삑.

바코드 인증 같은 게 없어도 본구는 혼자가 아니었다.

　우리는 다른 사람에게 크고 작은 기대를 하며 살아갑니다. 이런 마음이 서로 잘 통하면 좋겠지만 때때로 기대가 어긋나기 마련입니다. 나에게는 당연한 것이 상대에게는 그렇지 않을 수 있으니까요.

　「바코드 데이」는 우리가 당연하다고 여기는 관계를 돌아보고 새로운 가능성을 발견하고 싶은 마음으로 쓴 이야기입니다.

　이야기 속에서처럼 '커플'이 되어야만 여러 가지 혜택을 누릴 수 있고 안전을 보장받을 수 있다면, 그 관계 안에서 진정한 돌봄을 기대할 수 있을까요?

　누군가에게 이해받는 기분, 깊은 유대감, 안전하다는 감각은 특정한 이름의 관계에서만 얻을 수 있는 것이 아닐 겁니다. 마음을 다해 서로를 돌보는 순간이 다양한 관계에서 자연스럽게 이뤄진다면 어떤 일들이 벌어질까요.

　이런 상상들을 이어 가며 계속 이야기를 나누고 싶습니다.

위 해 준

너의 오른발은 어디로 가니   전앤

전
앤

2023년『우리는 마이너스 2야』로 사계절문학상을,
같은 해『러브 피프틴』으로
교보문고-롯데컬쳐윅스 스포츠 테마 소설상을 수상했다.
소설을 읽다 멈추는 순간을 좋아한다.
그 순간을 붙잡아 긴 이야기를 쓴다.

두 눈을 부릅뜨고 다시 봤다. 보고 또 봤다. 냉정해지자고 마음을 다잡았다. 그러자 나인 것 같기도 하고 아닌 것 같기도 한 내가 보였다. '자책골 때리는 너'라는 글귀에 가슴이 쿵 내려앉았다. 영상 밑으로 '좋아요' 181개와 댓글 63개가 달려 있었다.

'대신 전해드립니다'는 우리 학교 비공식 인스타그램 계정이다. 운영자가 누구인지도 모른다. 1학년 아이들 대부분은 익명으로 게시 글을 올려 달라고 요청했다. 학기 초, 분리수거장에서 누가 누구랑 뽀뽀했다더라, 어제 교실에 남아 있다 걸린 커플이 있다더라, 같은 연애 제보가 올라오면 '좋아요'를 많이 받았다. 처음에는 나도 자주 들어가 보았다. 5월이 되자 게시 글이 줄면서 시시한 유머와 광고로만 채워졌다. 한동안 조용했던 계정이 다시 들끓었다. 먹잇감을 발견한 개미 행렬처럼 댓글이 이어졌다. 나를 향한 말들이 점점 불어나고 있었다.

다섯 시간 전 학교 운동장에서 벌어진 일을 눈을 크게 뜨고 봐야 했다. 떨리는 손끝으로 재생 버튼을 누르자 함성이 들려왔다. 반별 축구 대항전이었다. 전반전은 남자 축구, 후반전은 여자 축구였다. 우리 반은 전반전에서 2 대 1로 이긴 상황이었다. 예년과 다르게 여자들이 후반전 경기를 맡으면서 분위기가 한층 더 고조되었다.

후반전이 시작되자 나는 헛다리 짚기 기술로 상대 선수를 제치고 달려갔다. 양쪽에서 나를 막아서던 상대 선수들을 따돌리고 몸을 틀었다. 집중적으로 연습한 인사이드 패스로 남주에게 공을 넘겼다가 돌려받으며 슈팅을 시도했다. 경기 흐름은 나쁘지 않았지만 골문이 쉽게 열리지 않았다. 우리 수비수들의 실책까지 이어지면서 2 대 2로 비기는 가운데 상대 팀의 코너킥 상황이 만들어졌다. 종료까지 3분을 남겨 두고 있어 양 팀 모두 마음이 조급했다. 나는 누구도 실망시키고 싶지 않았다. 반 아이들은 나와 남주가 있다는 이유로 확실한 승리를 예감했었다. 나 스스로도 관심과 환호를 받으며 주인공이 되는 상상에만 줄곧 빠져 지냈다.

남주가 내게 무어라 소리를 질러 댔다. 나는 중앙으로 들어오는 공을 기어이 내가 밀어 내겠다는 심정으로 무리하게 달려들었다. 오른발에 닿은 공을 힘껏 걷어 내려는데 갑자기 발이 딱딱한 나무토막처럼 굳더니 감각을 잃고는 제멋대로 돌진

했다. 분명 몸에서 떨어져 나간 것 같았는데 실제로는 아니었다. 내 발에서 미끄러진 공은 그대로 우리 팀 골문에 처박혔고 어이없게도 상대 팀에 점수를 내주고 말았다.

편집된 영상은 27초짜리였다. 관중석에 있던 5반 아이들이 일제히 일어나 소리를 질렀다. 제자리에서 펄쩍펄쩍 뛰다가 서로를 얼싸안는 장면이 흘러나왔다. 이어 운동장 가장자리를 따라 등나무 아래 있는 우리 반의 모습이 잡혔다. 전반전을 뛰었던 남자애들이 흥분한 채 야유를 퍼붓고 삿대질을 했다. 다른 아이들도 입을 반쯤 벌린 채 말을 잃은 표정이었다. 경기장 한가운데에서 손으로 무릎을 짚고서 오직 골대만 쳐다보고 있는 내가 서서히 멀어지면서 영상은 끝이 났다.

—난 이런 영상 올라오면 차라리 죽는다.

—이 정도면 앞으로 학교에서 거의 죽은 목숨이지.

—그녀는 노답. 여자 축구는 노잼.

—동아리까지 만들어 나대더니 다시 피구나 하시지.

—여자 축구 보고 있음 답답해서 미쳐 버림요.

—님들 지랄하지 마시고요. 이거 성차별에 온라인 집단 괴롭힘이라 신고 싹 가능.

—제로 님 핵 사이다.

—이곳은 없어져야 합니다. 관리자는 폐쇄하라!

단순한 글자가 아니었다. 나를 향해 덤벼들어 내 머릿속을 하얗게 지우고 심장을 빨리 뛰게 했다. 자꾸만 둥둥둥 북소리가 들려왔다. 심장은 이대로 터질 것 같은데 실수한 오른발은 멀쩡했다. 입에서 험악한 욕설이 마구 튀어나왔다. 나는 상황을 이렇게 만든 나를 참을 수 없었다. 주먹으로 오른발을 가격했다. 오른발에서 느껴지는 통증은 아무것도 아니었다.

아침에 일어나자마자 휴대폰을 집어 들었다. 계정을 확인하려는 손끝이 미세하게 떨려 왔다. 새로운 게시 글이 올라와 있었다. 토너먼트 형식으로 그려진 축구 대진표였다. 다행히 내 영상은 광고 게시 글 아래쪽으로 밀려나 있었다. 그러나 학교에 가면 아이들이 나를 보며 수군거리겠지. 어딘가로 숨고 싶은 심정에 이불을 머리끝까지 뒤집어썼다.

"유진아! 밥 먹어."

엄마가 부르는 소리에 가까스로 침대 밖으로 빠져나왔다. 배가 아프다고 둘러대고는 곧장 욕실로 들어갔다. 씻고 교복을 입고 나오자 엄마가 나를 붙잡았다.

"이제부터 학원 절대 빠질 생각 마."

엄마는 개수대에 접시를 집어 던지듯 넣으며 말했다. 신경질적으로 냉장고 문을 여닫는 동작이 이어졌다.

나는 조용히 현관으로 향했다. 서둘러 운동화에 발을 밀어 넣었다. 그 순간 뭔가 이상함을 느꼈다. 오른발만 뒤축과 딱 맞

닿지 않은 채 헐렁했다. 매번 같은 치수의 신발을 사더라도 형태나 브랜드에 따라 어떤 건 작아서 불편하고 어떤 건 크게 느껴진 적이 있지만, 이건 어제도 신었던 신발이다. 끈을 다시 묶어 보려는데 엄마가 또 말을 걸었다.

"엄마 오래 참았어. 고등학교 가면 달라질 줄 알았는데 아주 더 하셔."

"발이 좀 이상해."

"너 진짜 공부하기 싫으니?"

엄마가 가슴 앞에 팔짱을 끼고서 한심하다는 표정으로 쳐다보았다. 기분이 나빴지만 참아야 했다. 축구 연습 때문에 계속 학원을 빠진 일은 내 잘못이니까. 나는 운동화를 대충 구겨 신고서 현관문을 열었다. 정말이지 학교 가는 일에도 용기가 필요한 아침이다. 엄마는 문밖까지 따라 나와 뒤통수에 대고 신발을 바르게 신으라고 잔소리를 해 댔다.

"발이 줄어들기도 하나."

나는 엘리베이터 버튼을 누르며 작게 중얼거렸다.

"엄마는 너 낳고 손이 부어서 결혼반지도 못 껴. 어떤 날은 고무장갑도 조여서 아프다니까. 그러니 너도 핑계 대지 마. 축구로 시간 그만 보내고 제발 정신 좀……."

엘리베이터 문이 닫히자 엄마 목소리가 뚝 끊겼다. 그제야 나는 긴 숨을 내쉬었다.

몸을 숙여 운동화 뒤축을 펴서 바르게 신었다. 엄마 말대로 몸이 붓기도 한다면 줄어들기도 하겠지. 아무래도 스트레스를 받아서 몸에 변화가 온 모양이었다. 걷기에 불편한 정도는 아니니까 그만 신경을 끊기로 했다. 지금 중요한 일은 최대한 아무 일 없는 사람처럼 학교에 가서 친구들과 인사를 나누고 수업을 듣는 거다. 아이들이 어제의 나를 이해해 준다면 얼마나 좋을까. 희망을 품고서 애써 아무렇지 않은 척 걷기 시작했다.

처음 축구를 시작한 건 초등학교 방과 후 수업에서였다. 미술이나 영어 학원보다 훨씬 재미있었다. 여자 축구팀이 따로 없어서 남자애들과 섞여서 했는데 나는 발이 빠르고 남자애들보다 키도 한 뼘쯤 컸다. 초등학교 내내 쇼트커트를 하고 다녀서 뒷모습이 꼭 남자처럼 보인다는 말도 자주 들었다. 처음 들었을 때는 별로였는데 나중에는 상대를 감쪽같이 속인 것 같아 통쾌했다. 나는 공격과 수비를 동시에 잘한다는 칭찬을 들었고, 팀에서 인기가 많았다. 축구를 하면 확실히 존재감을 느낄 수 있어 좋았다. 하지만 선수를 꿈꾸지는 않았다.

중학생이 되면서 무언가가 달라졌다. 학교와 학원을 부지런히 오갔지만 열심히 산다는 기분은 조금도 들지 않았다. 축구를 했던 친구들과는 자연스레 멀어졌다. 시간만 나면 누워서 발 대신 손으로 하는 피파 게임을 즐기거나 눈알을 굴려 축구 경기를 보았다. 엄마는 휴대폰을 붙들고 사는 나를 못마땅해했고, 우리는 자주 말싸움을 벌였다. 엄마와 싸울 때만 나는 어디서 나온 기세인지 악을 써 가며 에너지를 폭발시켰다. 엄마

역시 지지 않고 자신의 희생을 들먹이며 협박해 왔다. 엄마는 오래전 나를 돌보기 위해 직장까지 그만두었다는 말을 하고, 또 했다.

'이제는 나를 돌볼 필요가 없으니 다시 일하면 되는 거 아닌가?' 생각했지만, 묻지 않았다. 아니 물을 수 없었다. 엄마는 이미 겁을 먹고 있었으니까. 그걸 감추기 위해 나를 닦달하는 거고. 싸움은 매번 공부하라는 엄마의 지시와 "아, 알겠다고." 하는 나의 대답으로 끝이 났다.

그랬던 내가 고등학교에 와서 남주를 만나고 달라졌다. 중학교 때 잃어버렸던 생기를 되찾았다고 할까? 나를 사로잡았던 무력감이 빠져나간 자리에 기쁨이 새싹처럼 돋아났다. 남주와 함께하면 그게 축구든 공부든 대화든 뭐든 다 재미있었으니까.

입학식 첫날, 우연히 남주 자리를 지나다 열쇠고리를 보았다. 내가 가장 좋아하는 여자 선수가 소속된 영국 축구팀 굿즈였다. 대부분 아이들은 아예 모르거나 별 관심 없는 팀이라 혼자 열렬히 응원했는데……. '여기서 동족을 만나다니.' 남주 손이라도 덥석 잡고 싶은 심정이었다. 대신 두 손을 모아 내 가슴에 대고 말했다.

"옆에 앉아도 되니?"

남주는 스스로 말이 많은 성격이 아니라고 했다.

"무리에 섞여 대화할 때는 말할 타이밍을 잡기가 어려워. 막상 용기를 내면 횡설수설할 때가 더 많고. 집에 돌아와서도 계속 얼굴이 화끈거린다니까." 하며 내가 자신과 달라서 좋다고도 했다.

학기 초에 남주는 1년 내내 둘이서만 지내고 싶다고 고백해서 나를 웃겼다. 그런 말을 할 때 남주의 얼굴은 조금도 빨개지지 않았다.

나는 여자 축구부 동아리를 만들자고 제안했다. 남주는 축구를 진심으로 좋아했고, 그건 나도 마찬가지였으니까. 우리는 자꾸만 더 많은 것들을 함께하고 싶었다. 남주는 정성스레 홍보 전단지를 만들고, 나는 반마다 돌아다니며 목소리를 높여 부원을 모집했다.

반 아이들은 둘 중 한 명이 보이지 않으면 어김없이 "네 단짝 어딨어?" 하고 물었다. 키가 작은 남주는 공격형 미드필더로, 키가 큰 나는 스트라이커로 우리는 완벽한 듀오였다. 옆 학교 동아리와 치른 친선 경기에서 연달아 우승했고, 그때마다 남주는 좋아 죽겠다는 듯 꺅 하고 비명을 내질렀다. 그런 남주를 보고 있으면 기분이 좋아졌다.

아파트 후문을 나와 가로수가 죽 늘어선 길을 따라 걷는데 저만치 횡단보도 앞에 서 있는 남주가 보였다. 뛰어서라도 가고 싶은데 이상하게 몸이 계속 한쪽으로 기울어지는 느낌이었다. 뒤에서 누군가가 나를 볼까 봐 두려웠다. 오른발이 조금 작아졌을 뿐인데 걸음이 자꾸 느려졌다. 나는 깜박거리는 신호등 앞에서 먼저 건너가 버린 남주의 뒷모습을 눈으로 좇았다. 신호가 바뀌고 이번에는 오른발 따위 무시한 채 부지런히 걸었다.

'안녕.'

짧은 말조차 목에 걸렸는지 이상하게 밖으로 나오질 않았다. 가까이 다가가 남주의 어깨를 세게 툭 쳤다. 남주가 고개를 돌려 나를 보았다. '내가 지금 얼마나 힘든지 다른 사람은 몰라도 너는 알지?' 말을 삼키며 한 번 더 남주의 어깨를 툭 쳤다.

"밥은 먹었냐?"

남주가 대답 대신 고개만 까닥했다. 기운이 좀 없어 보였다.

우리는 학교를 향해 나란히 걷기만 했다. 내가 말을 하지 않으니 묘하게 냉랭한 기류가 흘렀다. 1분, 어쩌면 2분의 시간이 지났을까? 무언가 다른 감정이 내 안에서 피어오르는 것이 느껴졌다. 바람의 방향이 갑자기 바뀌면서 눈앞에서 마지막 남은 꽃망울이 떨어지는 모습을 지켜보는 심정이랄까.

'왜 항상 내가 먼저여야 하는 걸까?'

남주는 때로는 다정했고 때로는 무관심했다.

"내가 좀 그렇잖아."

그 애는 표현에 서투른 자신의 성격을 무기 삼아 말하곤 했다. 하지만 어젯밤 인스타그램에 올라온 영상을 분명 봤을 터였다. 나를 향한 악플도 모두 읽었겠지. 어느 때보다 남주의 위로가 절실했다. 밤새 기다리다 오늘 아침 아무렇지 않은 척 말을 거는 내 심정을 모를 리 없었다. 무슨 말이든 먼저 꺼내 주기를 간절히 기다렸지만, 남주는 줄곧 앞서 걸어갔다. 뒤통수에 묶어 놓은 포니테일이 살짝궁 흔들렸다. 나는 자꾸만 뒤처져 잰걸음으로 따라붙으며 말했다.

"나, 축구 동아리 그만둘까 봐."

순간 나도 모르게 엉뚱한 말이 튀어나왔다. 너는 왜 내 마음을 모르는 척하는 거냐고 따져 묻고 싶었는데……. 멈춰 선 남주가 눈을 동그랗게 뜨고서 나를 보고 있었다.

"재미없어졌어. 솔직히 우리가 축구로 대학 갈 것도 아니잖아. 이제 공부해야지."

내친김에 말을 쏟아 냈다. 해 놓고 보니 완전히 틀린 말도 아니었다. 담임 샘 말처럼 경제 동아리나 통역 동아리를 선택하는 편이 대학 갈 때 더 유리할 테니까.

"너, 어제 왜 나한테 패스 안 했어?"

남주가 차렷 자세로 주먹을 꽉 쥐며 물었다. 나도 모르게 눈에 바짝 힘이 들어갔다.

"못 들었어."

"내가 계속 소리쳤잖아."

남주는 물러서지 않겠다는 기세로 나를 더 몰아세웠다.

"아니야, 너 들었어. 너 지난번에도 그랬어."

"그럼 내가 일부러 너한테 안 넘겼다는 거야?"

"너는 너만 잘하는 줄 알아. 그래서 네 앞에 공이 오면 무조건 네가 처리하려고 해. 어제도 네가 가만히 있었으면 내가 충분히 걷어 냈어. 그리고…… 됐다, 그만하자."

"뭘 그만해? 너까지 지금 나를 탓하면서. 야! 우리가 뭐 국가 대표 선수냐? 그래서 너한테 축구가 전부라는 거야!"

나는 목소리를 높였다. 제정신이 아닌 것 같았다. 남주가 한없이 서글픈 얼굴로 나를 바라보다 고개를 돌렸다. 다른 아이들이 우리를 쳐다보고 있었다. 남주는 몸을 홱 돌려 먼저 가버렸다. 이러다 전교생이 다 알게 되겠네. 뒤늦게 부끄러움에 얼굴이 홧홧 달아올랐다.

건물 입구에서 운동화를 벗고 실내화로 갈아 신었다. 현관을 통과해서 3층까지 올라 복도를 지나면 양쪽으로 늘어선 교실이 보였다. 교실이 가까워질수록 기분이 점점 가라앉았다. 풀썩 주저앉고 싶었다. 복도 중앙에 모여 있던 아이들이 나를 보고는 히죽히죽 웃으며 서로의 어깨를 쳐 댔다. 마음이 조급해졌다. 가장자리 벽 쪽으로 최대한 몸을 밀착시켰다. 눈을 내리깔고 오른발을 끌고서 빠르게 걸었다. 그러나 무시하고 걷기에는 헐렁이는 오른발이 영 신경 쓰였다. 실내화 밑창이 바닥에 질질 끌리는 소리가 났다. 이제 한 치수가 아니라 두 치수는 작아진 느낌이었다.

쉬는 시간 내내 남주와 나는 각자의 자리를 지켰다. 나는 다른 친구들과도 특별히 말을 섞지 않았다. 점심때가 되자 책상에 그대로 엎드렸다. 남수가 먼저 교실을 나가는 것이 느껴졌지만 의식하지 않은 척했다. 아이들이 모두 빠져나가고 조용해지자 고개를 들었다. 잠시 후 드르륵 문이 밀리는 소리가 크게 울렸다. 텅 빈 줄 알았던 교실 안에 누군가가 있음을 알고 놀랐는지 상대가 정지한 채 서 있었다.

나를 빤히 쳐다보는 설이의 눈빛은 흔들림 없이 고요했다. 설이는 평소 혼자만의 흐름 안에서 지내는 아이였다. 눈에는 보이지 않지만, 본인 스스로 얇고 투명한 둥근 막을 만들고 그 안에서 익숙하게 생활하는 것처럼 느껴졌다. 아이들은 설이를 싫어하지도 좋아하지도 않았다. 나도 크게 관심을 가진 적이 없었다. 설이는 자리로 가 앉더니 빵 봉지를 뜯었다. 부스럭거리던 소리가 멈추자 갓 구운 듯한 고소한 냄새가 풍겼다. 아침도 거른 상태라 갑자기 허기가 몰려왔다.

"두 갠데 하나 먹을래?"

설이가 내 쪽으로 돌아앉았다. 설이와는 대각선 방향으로 책상 두 개를 사이에 놓고 앉아 있었다. 나는 팔을 길게 뻗어 빵을 건네받았다.

"이것도 마셔."

딸기 맛 우유였다. 작은 소리로 "고마워." 하고 말했다.

급하게 빵을 입안에 밀어 넣었다. 부드럽고 말랑한 감촉에 생크림의 달콤함이 입안 가득 퍼졌다. 배 속부터 머릿속까지 채워지는 기분이었다. 단숨에 빵과 우유를 먹어 치우고 화장실에 가려고 자리에서 일어섰다. 설이는 바르게 앉아 소설책을 읽고 있었다.

교실로 돌아왔을 때 설이는 자리에 없었다. 다시 매점에 간 걸까? 괜히 미안한 마음이 들었다. 혼자 남아 있으려니 망망대해에서 어딘가로 떠밀려 가는 돛단배가 된 듯했다. 좌표도 목적지도 없이 그저 시간이 가기를 기다리는 초라한 배 한 척. 누군가의 시야에서는 곧 점이 되어 사라지겠지. 나는 점점 물속으로 가라앉는 기분을 느꼈다. 어쩌면 잠수함처럼 지내는 설이도 이런 기분이었을까? 처음으로 설이가 궁금해졌다. 그러나 어젯밤 거의 못 잔 탓에 곧 졸음이 몰려왔다. 무릎 담요를 뒤집어쓰고 그대로 엎드렸다.

까무룩 잠이 들었다 깨어났는데 여전히 교실에는 아무도 없었다. 복도에서는 어떠한 소리도 들려오지 않았고, 운동장도 고요했다. 다들 어디로 갔지? 가방과 책은 그대로 둔 채 모두 사라져 버렸다. 교실 뒤편 거울 앞으로 다가갔다. 어깨를 잔뜩 웅크린 채 서 있는 내가 보였다. 몸을 기울여 거울 안에 무언가가 더 있는지 살피듯 바라보았다. 그때 벽에 붙은 시간표가 눈에 들어왔다. 순간 비명이 터져 나올 뻔했다. 5교시는 체육이었다. 우리 반 아이들 대부분은 급식을 먹고 탈의실에 갔다가 곧장 체육관으로 향했다. 이미 수업이 시작된 지 10분이 지나 있었다.

체육관은 3층에서 1층까지 계단을 내려와 연결 통로를 지나 건물 끝까지 가야 했나. 뛰다시피 체육관으로 향했다. 온갖 생각이 스쳤다. 학교에서 이렇게 깊이 잠들어 본 적 없는데. 어떻게 아무 소리도 듣지 못했지? 아니다, 왜 아무도 나를 깨우지 않았을까? 나는 분명 지리에 있었는데. 담요를 두르고 있었다고 해도 보이지 않을 리 없었다. 누구보다 남주에게 서운했다. 그냥 이대로 집으로 가 버릴까? 배신당한 기분마저 들었다.

빠르게 걸을수록 불편함은 더해 갔다. 몸이 기울어지면서 신발에서 쩍쩍 끌리는 소리가 났다. 무언가가 달라붙었다가 떨어져 나간 듯 기분이 이상했다. 아무래도 오른발은 더 작아진 것 같았다. 멈춰 서서 두 발을 꺼내어 한데 모아 크기를 재어 보았다. 이럴 수가. 내 발 치수는 245인데 지금 오른발은 225쯤 되어 보였다. 이제는 확연히 눈에 띄게 작아졌다. 계속 이렇게 줄어들면 어쩌지? 발가락을 꼼지락거려 보았다. 아무런 통증도 없었다. 모두 잘 움직였지만 아무리 봐도 이상했다. 한참을 내려다보다 정신을 차리고는 얼른 운동화 속에 발을 감추었다.

나만 제외하고는 체육복으로 갈아입은 아이들이 신나게 떠들고 있었다. 남자애들은 주로 농구대 주변을 어슬렁거리고, 여자애들은 체육관 바닥에 그어진 하얀 선을 깔고 앉아 있었다. 수다를 떠는 무리 속에 남주도 보였다. 아이들 여럿이 과장되게 웃는 소리가 시끄러웠다. 누구도 나를 신경 쓰지 않았다.

설이는 벽에 몸을 기대고서 휴대폰을 들여다보고 있었다. 나는 어디에 끼어야 할지 몰라 엉거주춤한 채 서 있었다.

"너 뭐야?"

체육 선생님이 체육복도 갈아입지 않고 서 있는 나를 발견했다. 아이들의 시선도 금세 모였다.

"너희는 친구가 있는지 없는지도 몰랐단 말이야?"

체육 선생님은 평소에도 험악한 표정인데 오늘은 더 무섭게 고함을 쳤다. 본인도 당황한 안색이었다. 선생님은 갑자기 이건 모두의 책임이라며 그냥 넘어갈 수 없다고 말했다. 아이들을 향해 "집합!" 하고 외쳤다. 단합과 화합을 이야기하더니 난데없이 토끼뜀 뛰기를 명령했다.

아이들은 어리둥절한 표정으로 서로를 바라보았다. 그러다 얼굴빛이 금세 두려움과 짜증으로 변해 갔다. 아이들은 굳은 표정으로 제자리에서 토끼뜀 뛰기를 시작했다. 나 역시 손으로 두 귀를 붙잡고서 뛰었다. 숨이 차오를수록 아이들의 눈치가 보였다. 이건 정말 안 좋은 징조였다.

수업이 끝나고 교실로 돌아가면서 아이들은 저마다 구시렁댔다. 누구는 다리가 아프다고 항의했고, 누구는 화장이 지워져서 기분 나쁘다며 신경질을 쏟아 냈다.

"어제부터 짜증이야."

말을 하는 아이의 얼굴이 붉게 달아올라 있었다.

"여자 축구부 만들어서 맨날 연습한다고 운동장 비워 달라고 난리 칠 때는 언제고. 성차별 운운할 때 우리 다 죄인인 줄."

"그만 좀 해라."

야유와 비난을 보내는 무리가 있고, 그걸 말리는 무리가 있었다. 나는 아이들이 떠드는 소리를 피해 빠르게 걷고 싶었지만 자꾸만 걸음걸이가 우스워지는 걸 느꼈다.

사물함 앞에서 남주와 딱 마주쳤다. 그것이 나를 더 얼어붙게 했다.

'너는 나를 깨웠어야지. 애들이 뭐라고 하면 나서서 말해 줘야지.'

나는 남주를 노려보았다. 잠시 뒤 신경질적으로 사물함 문을 열어젖혔다. 그 순간 책이 한꺼번에 쏟아져 내리면서 내 오른 발등을 찍었다. 비명이 터져 나왔다. 주저앉아 손으로 발을 움켜쥐었다. 짧은 순간이 지나고 양말을 벗어 보니 다행히 큰 상처는 아니었다. 피도 나지 않았다. 살짝 멍이 들었을 뿐이다.

"유진아, 괜찮아?"

남주가 물었다. 나는 대답하지 않았다.

"너 금방 올 줄 알았어."

남주가 작은 소리로 말했다. 그 말을 무시하고 나는 자리로 돌아와 버렸다.

종례를 마치고 아침보다 더 심하게 절룩거리며 학교를 나왔다. 병원에 갈까 했지만 그러면 학원을 또 빠져야 했다. 병원 건물을 지나면서 외과와 내과 중 어디로 가야 하는지 잠시 생각해 보았다.

　─발이 줄어들면 어느 병원으로 가야 하나요?

　내공 점수를 걸고 네이버에 물었다. 학원이 끝날 때까지 누구도 답글을 달아 주지 않았다.
　밤에 자려고 누웠는데 잠이 오지 않았다. 남주와 나는 싸워본 적 없었다. 카톡을 계속 확인했지만 그렇다고 내가 먼저 메시지를 보내고 싶지는 않았다. 누구하고든 이야기를 나누고 싶어 익명 채팅 앱에 들어갔다. 오른발에 일어난 현상에 관해 말을 꺼냈는데, 야행성F 님이 바로 답을 주었다.

　─몸을 새롭게 인식하려는 노력이 필요해요. 사실 우리 몸은 다 연결되어 있거든요. 우주랑 같은 거죠.
　─우주요?
　─수축과 팽창을 한다는 말이에요. 우리는 아파야만 자신의 몸을 자세히 살피잖아요. 몸은 곧 나인데. 우선은 잘 챙겨 먹고 푹 쉬기를 추천합니다.
　─그러면 발이 다시 커지나요?
　─이렇게 생각해 보면 어때요? 시력이 나빠지는 상황과 비교해서요.
　─오른발과 시력이 무슨 상관이죠?
　─눈이 나빠지면 안경을 쓰잖아요. 오른발에도 잘 맞는 편한 신발

을 신어 보세요.

—아니, 저는 다시 커지기를 원해요.

—안경도 쓰면 불편하죠. 하지만 안 쓰면 더 불편하잖아요. 일단은 적응하면서 안정을 찾는 게 중요해요.

—저 혹시 AI세요?

—편안한 마음으로 이겨 낼 수 있다는 강한 의지를 다져 보세요.

—먼저 나갈게요.

나는 신경질이 나서 채팅방을 나왔다. 불을 끄고 눈을 감았다. 오늘이 지나면 모든 게 예전처럼 돌아오기를 바라며 잠을 청했다.

연일 흐리고 비가 오는 바람에 축구 대항전은 다음 주로 연기되었다. 쉬는 시간에 짝이 내 발을 보며 다쳤느냐고 묻기에 나는 그렇다고 대답했다. 고맙게도 병원에 꼭 가 보라고 걱정해 주었다. 하지만 친구가 찾아오자 짝은 함께 급식실로 가 버렸다. 다시 혼자 남겨졌다. 남주와 나는 사흘째 서로 눈길을 피했다. 남주가 다른 아이들과 함께 급식을 먹으러 가는 모습이 서운해서 나는 보란 듯이 굶었다.

교실에 남아 빵과 우유를 먹었다. 앞쪽 자리에 앉은 설이도 급식을 먹지 않는 눈치였다. 설이는 휴대폰으로 애니메이션을 보며 빵을 아주 오래도록 뜯어 먹었다. 곁에 다가가도 신경조차 쓰지 않았다. 슬쩍 보니 내가 초등학생 때 즐겨 보던 만화였다. 책상 서랍을 열면 사차원 공간으로 이동하는 그런 이야기였다. '아직도 저런 걸 보는구나.' 자꾸만 관심이 갔지만 말을 걸기에는 어색했다.

빵을 다 먹고는 책상에 엎드렸다. 오른발을 내려다보았다. 힘껏 공을 찼던 것이 믿기지 않았다. 차라리 붕대라도 감고 다닐까? 다행히 계속 줄어들지는 않았지만, 이미 몸의 균형이 무너진 상태였다. 마냥 숨기며 기다릴 수는 없을 텐데. 내일은 토요일이라 학원 수업이 없으니까 병원에 가 볼까? 도대체 어디서부터 잘못된 걸까? 남주와 회복될 기미도 전혀 보이지 않았다. 모든 게 줄어들고 작아져서 이제는 예전으로 돌아갈 수 없을 것 같았다.

하교 때 창밖으로 비가 쏴아아 하고 쏟아졌다. 교실에서 나가는 남주를 물끄러미 바라보았다. 아이들이 전부 빠져나간 복도를 천천히 걸었다. 절룩이며 계단을 내려왔는데, 설이가 처마 밑에 서 있었다. 나를 보더니 난감한 표정을 지어 보였다.

"누가 내 우산을 가져가 버렸어."

"같이 쓸래?"

"괜찮아, 비 좀 그치면 갈게."

"지난번에 빵 맛있더라. 진짜로 내가 데려다줄 수 있는데……."

나는 말끝을 흐리며 머뭇거렸다. 설이가 "그럼." 하며 우산

속으로 들어왔다.

설이는 곧장 주머니에서 휴대폰을 꺼냈다. 귀에 무선 이어폰을 꽂더니 평소 즐겨 보던 애니메이션을 보는 데 열중했다. 교문을 나와 걷는 동안 줄곧 영상만 봤다. 나는 설이를 갓길 안쪽으로 보냈다.

"다리 많이 아프니?"

설이가 한쪽 귀에서만 이어폰을 빼내며 물었다. 그때 갑자기 거센 바람이 불어와 내 몸이 오른쪽으로 쏠리자 에라 모르겠다, 싶은 심정이 되었다.

"있잖아, 이런 말 하면 믿기지 않겠지만 사실 나 오른발이 작아졌어."

"정말?"

"아프진 않아. 그래도 걱정돼."

설이는 잠시 고민하는 듯하더니 물었다.

"너 발이 작아진 게 처음이야?"

"너도 작아진 적 있어?"

"당연하지. 내가 애니메이션을 끊지 못하는 이유잖아. 이걸 보면 발이 조금씩 커지거든."

"그럼 나도 그걸 보면 되는 거야?"

나는 다급하게 물었다. 나만의 문제가 아니라니 반갑고 안심이 되었다. 설이는 잠시 시선을 멀리 두었다. 무언가를 골똘히 생각하더니 고개를 갸웃거리며 대답했다.

"나는 이걸 보면 행복해지거든. 하지만 넌 아니잖아?"

"그러면 사람마다 다 다르다는 거야?"

"그렇겠지."

"난 심장이 쪼그라든다는 말은 들어 봤어도 발이 작아진다는 말은 들어 본 적 없는데……. 이제 어떡해?"

"사람들이 말을 안 하는 거야. 우리 상담 샘 말로는 어른들도 종종 그런 증상을 겪는대. 난 중학교 2학년 때 처음 그랬어. 그때는 진짜 작았는데 지금은 많이 커졌어."

"어떻게?"

"좋은 책이랑 영상 많이 보고 재미있는 생각도 많이 해."

엷게 웃는 설이의 표정이 어딘가 느긋해 보였다.

"그러면 지금 네 발은 정상이야?"

"아니, 왼발이 조금 더 작아."

설이가 어쩔 수 없다는 듯 어깨를 으쓱거렸다.

"하지만 넌 지금 똑바로 걷고 있잖아?"

"익숙해지면 괜찮아져."

"이게 익숙해진다고?"

나는 이런 변화가 왜 찾아온 건지 당장 받아들이기 힘들었다. 울상을 짓는 나를 보며 설이가 미스터리 영화를 보면 도움이 될지 모른다고 덧붙였다. 세상에는 비현실적인 일들이 많이 일어나는데 그런 변화를 겪는다고 해서 절대 삶이 불행해지는 건 아니라면서. 생각지도 못한 말을 하는 설이가 갑자기 어른스럽게 느껴졌다.

"일이 내 뜻과 계획대로 이루어지기보다 우연에 의해 달라질 때가 많은데 그때마다 예민하게 굴기보다 조금은 무감각해지는 편이 좋을 수도 있고."

설이의 다정한 위로에 나는 잠시 마음이 누그러졌다. 그러나 걷다 보니 다시 한숨이 나오면서 울적해졌다. 곁에서 잘 걷는 설이 모습에 어쩌면 조금 전 고백이 나를 위한 거짓말은 아닌가 싶었기 때문이다.

"있잖아."

설이가 할 말이 있는 표정으로 나를 불렀다.

"내가 손 들고 나설 자신은 없었지만 골키퍼는 진짜 하고 싶었다."

나는 잠시 말을 잃었다. 골키퍼를 하려는 애가 없어서 한참을 찾아다녔는데 설이에게 묻지 않았다는 사실을 뒤늦게 깨달았다. 내가 설이를 아예 없는 사람 취급했구나. 미안하다는 말조차 나오지 않았다. 나 자신이 너무 한심했다.

"아까 쉬는 시간에 너 화장실 갔을 때 말이야."

설이가 조심스레 말을 이었다.

"남주가 네 책상을 정신없이 닦더라. 너 인스타그램에 축구 사진 올리나 봐? 그거 재수 없다고 누가 낙서하고 갔거든."

내가 돌아왔을 때 책상은 깨끗했다. 복잡하고 서글픈 감정이 차올랐다.

함께 축구를 즐기면서 나와 남주의 감정이 다르다는 것을 자연스레 알았다. 경기가 끝나면 남주의 얼굴에서는 깊이를 알 수 없는 체념이 엿보였다. 언젠가 내가 괜찮냐고 물었더니 남주가 가까스로 입을 뗐다.

"마음을 다해 무언가를 좋아하는 일이 이제 두려워."

건조하게 말하는 얼굴이 더 슬퍼 보여서 섣불리 위로를 건넬 수 없었다. 남주는 아홉 살 때부터 오직 축구 선수가 되기를 꿈꿨다. 초등학교 내내 축구장을 누비며 공과 함께했지만 중학생이 되면서 신체 조건 탓에 부모님과 코치님의 반대에 부딪혔다. 모두 남주가 축구를 그만두기를 바랐다. 그 후 2년을 더 버텼지만 작은 체구를 극복할 만큼의 재능이 없음을 스스로 받아들였다고 했다.

그래서였을까? 내게 남주는 특별해 보였다. 무언가를 미치도록 갈망해 본 사람만이 품을 수 있는 뜨거움과 차가움을 알았고, 힘든 시기를 지나 달라지기 위해 노력하는 사람에게서 나는 광채가 보였다. 그것이 단번에 나를 사로잡았다.

나는 축구 하는 사진과 영상을 올리면서 인스타그램과 틱톡에서 구독자를 얻었다. 남들과 달라 보이는 느낌이 좋았지만, 사실은 알고 있었다. 열일곱이 되도록 원하는 것을 찾지 못했고 딱히 하고 싶은 것도 없었다. 끝까지 무언가를 해낸 경험도 없었다. 때로는 덩치만 큰 어린아이 같았다. 나 자신을 돋보이게 하고 싶은 욕심이 먼저가 아니었다면, 축구를 진심으로 좋아했다면, 그날 경기에서 독선적으로 행동하지 않고 다른 선택을 했을까? 남주 말처럼 공을 넘겨 주어야 맞았다. 어지러운 생각에 골똘히 빠져 있는데 차 한 대가 빵! 하고 경적을 울리며 지나갔다.

"깜짝이야!"

설이와 나는 동시에 소리쳤다.

"다 왔어."

설이가 멈춰 섰다. 내가 사는 아파트 바로 옆 동이었다.

"우리 가까웠구나."

내 말에 설이는 이미 알고 있었다는 듯 고개를 끄덕였다. 그러고는 내 한쪽 어깨를 손끝으로 가리켰다. 나는 젖은 어깨를 털어 내며 괜찮다고 웃어 보였다. 돌아서서 가려는 나를 설이가 "유진아." 하고 불러 세웠다.

"너 동아리 부원 모집할 때 되게 멋있었어. 여자애들이 축구 너무 어렵다고 하니까 네가 그랬잖아. 힘들고 어려우니까 재밌는 거라고. 그 말 진짜 근사했다?"

설이를 향해 팔을 번쩍 들어 손을 흔들었다.

어제와 다른 내가 되고 싶었다. 눈을 감고 천천히 숨을 들이마시고 내쉬었다. 그러자 발바닥이 부풀어 올랐다가 납작하게 작아지면서 함께 숨을 쉬는 것 같았다. 처음으로 걸음마를 배웠을 때 나는 내 무게를 발바닥에 싣고서 힘껏 내디뎠을 거다. 똑바로 걷기 위해 내가 가야 할 곳에 눈을 맞추고 한 걸음 한 걸음 나아갔겠지. 나는 확실히 조금 전보다 덜 절룩거리며 걸을 수 있었다. 남주 집을 향해 계속 걸었다.

애니메이션 「메이의 새빨간 거짓말」에서 메이는 흥분하면 거대한 레서판다로 변합니다. 메이는 자신이 야수처럼 될까 봐 학교에 가기를 두려워하죠. 어느 날 친구들이 찾아와 판다로 변신한 메이를 보고 귀엽다고 하고, 그 귀여움을 상품화하자는 계획도 세웁니다. 더는 비밀이 아닌 능력으로 메이가 세상에 나오던 모습이 어찌나 멋지던지요.

그래서였을까요? 저는 한동안 몸의 변화를 받아들이는 모티프에 사로잡혀 지냈습니다. 다른 소설을 쓰면서도 그 영향권 안에 있었죠. 문득 이런 생각이 들었습니다. 나는 흥분하면 말이 많아지는데, 스스로 말을 멈추지 못해 계속 떠들다가 그 순간이 지나면 너무 부끄러워서 내가 아주 작아져 버리는데, 말로 자책골을 넣은 적이 얼마나 많았던가. '돌봄'을 여기서부터 시작하고 싶었습니다.

유진의 오른발은 한때 자랑이었지만 지금은 골칫덩어리가 되어 상황을 복잡하고 힘들게 만들고 있습니다. 처음부터 다시 시작한다는 마음으로 유진이가 걷는다면 어떨까요? 나의 변화를 알아차리는 것이 나를 돌보는 일이라 생각합니다. 부디 즐겁고 슬픈 삶의 모든 변화를 재미있는 탐험으로 받아들이기를 바랍니다.

전 앤

귀여워지기로 했다   최영희

최
영
희

모든 이의 인생에 귀여운 로봇 하나쯤은
마땅히 존재해야 한다고 믿는 SF 소설가다.
제1회 한낙원 과학소설상과
제5회 황금드래곤 문학상을 수상했으며
장편 『써드 1,2』, 단편 「시민R」, 「휘어지는 직진」 등의
로봇 SF를 썼다.

처음 봤을 때 제프는 창고 벽에 기대 잠든 주정뱅이 같았다.

눈 주변의 긁히고 팬 자국들 때문인지 감긴 두 눈은 지쳐 보였고, 두 팔은 어깨 관절이 헐거워진 채 축 늘어져 있었다. 인공 살갗을 씌우지 않은 피부는 붉은 기가 도는 갈색으로 도금 처리되어 얼핏 녹이 슨 것처럼 보였다. 고물상에 멀쩡한 로봇이 있을 거라고는 기대하지 않았다. 하지만 전체적인 골격이 인간을 닮은 탓인지 제프는 더 끔찍했다.

"맘에 드는 로봇 있어?"

휘은이가 물었을 때 나는 일 초도 망설이지 않고 제프를 가리켰다.

"일단 저 로봇은 아니야. 어휴, 진짜 구려."

"프래베니 1기 모델이네. 외계 곤충 박멸 작전에 투입된 전투 로봇. 화성에 정착한 외계 곤충과 싸우던 로봇이라 피부도 화성 표면과 유사한 색깔로 도금 처리한 것으로 알려져 있어. 지금은 4기 모델들이 활약하고 있고. 저 녀석 같은 1기들은 단종된 지 15년도 넘었어."

로봇 범죄 전문 수사관이 꿈인 휘은이는 로봇들의 모델명과 용도, 변천사를 줄줄이 꿰고 있었다. 제프가 있던 로봇 고물상도 휘은이의 단골 가게였다. 나는 므두셀라의 부품을 찾고 있었다. 므두셀라는 아빠의 엄마, 그 엄마의 엄마, 그 엄마의 아빠 때부터 우리 가족을 촬영해 온 연대기 로봇이었다. 녀석은 가족의 일상과 경조사를 촬영하여 영상과 사진 앨범으로 만들고, 가족 중 누가 아이를 낳거나 입양하면 그 아이가 성년이 될 때까지의 성장 앨범을 제작하기도 했다.

하지만 워낙 구형 로봇이다 보니 몇 년에 한 번씩 크게 고장이 났다. 몇 해 전 감정 분석 시스템이 고장 났을 때는 아빠가 먼 도시에 사는 옛 직장 동료의 지인에게서 어렵게 부품을 구해 와 수리했다. 아빠가 엄마와 이혼하면서 므두셀라를 내게 맡기고 떠났기 때문에 이제는 그 모든 게 내 일이 되었다.

이번에는 므두셀라의 에너지 순환 시스템에 말썽이 생겼다. 배터리를 새 것으로 갈고 백 퍼센트 충전을 했는데도 녀석은 꿈쩍도 하지 않았다. 에너지 순환기는 자주 사용하지 않는 기능과 관련된 부분을 절전 모드로 전환하고, 핵심 기능과 관련한 부분에는 예비 전력을 비축하여 파손이나 방전 등의 비상 사태에 대비하도록 하는 장치였다.

고물상 직원에게 므두셀라의 에너지 순환기를 보여 주었더니, 하필 가장 비싼 부품이 고장 났느냐며 혀를 찼다. 에너지 순환기 하나 값이나 고물 로봇 하나를 통째로 사는 값이나 그게 그거라 했다. 그래도 다행히 므두셀라의 것과 호환 가능한 부품을 가진 로봇들이 여럿 있다며 앞장섰다.

직원은 먼저 내 무릎 높이의 미니 굴착 로봇을 보여 주었다. 크기도 적당하고 생긴 것도 귀여운 게 맘에 들었다. 에너지 순환기만 빼내어 므두셀라에게 주고, 굴착 로봇은 장식용으로 마당에 세워 놓으면 근사할 것 같았다. 하지만 가격이 무려 12,000페눅스였다. 여전히 시판되는 모델이기 때문에 중고가는 15,000페눅스가 넘고 고물상에 들어오는 하위 등급 제품도 최소 10,000페눅스에 거래된다고 했다.

가진 돈이 4,500페눅스밖에 없다고 했더니 직원은 나를 선반이 없는 벽 쪽으로 데려갔다.

"그 돈으로 살 수 있는 건 현재로선 이것밖에 없네요. 원래는 4,500페눅스인데 우리 단골 휘은이 친구니까 4,400페눅스에 줄게요."

직원이 발끝으로 안드로이드의 다리를 툭툭 건드리며 말했다. 첫인상이 주정뱅이 같던 그 로봇이었다.

"정말 이거 말고는 없어요?"

볼멘소리가 절로 나왔지만 직원은 천천히 보고 결정하라며 가 버렸다. 나는 안드로이드 곁에 쪼그리고 앉아서 눈곱만큼도 궁금하지 않은 녀석의 몸을 살펴보았다. 휘은이의 설명을 들은 탓인지 녀석은 취객이 아니라 지친 패잔병 같았다. 부품 하나 빼내자고 인간형 로봇을 통째로 구입한다는 게 내키지 않아서 그냥 가려는데 무언가가 내 눈길을 붙들었다. 크롬 도금을 한 것처럼 반질반질한 로봇의 팔뚝에 글자가 새겨져 있었다.

나는 제프입니다.

공장에서 각인한 건 아니었고, 로봇이 스스로 날카로운 무언가로 긁어서 새긴 것 같았다.

이 녀석이 '제프'라고?

사실 제프는 너무나 친숙한 이름이었다. 내가 한동안 빠져 있었던 슈팅 게임 '던전 오브 미믹'에 나오는 캐릭터였다. 외계인이 만들어 낸 수만 명의 닮은 꼴 제프들과 싸우다가, 외계인의 던전에 갇혀 있는 원본 제프를 구해 내면 끝나는 게임이었다. 하지만 던전에 가까워질수록 게임 난도가 극악으로 치달아서 나는 던전 근처에도 가지 못했다. 그래선지 고물상 벽에 힘없이 기대 있는 제프가 게임 속 원본 제프 같다는 생각이 들었다.

그날 나는 4,300페눅스에 제프를 샀다.

*

녀석을 집으로 운반하는 것도 문제였다. 휘은이를 따라 고물상에 갈 때만 해도 키 170센티미터의 안드로이드를 구매하리라곤 상상도 못 했던 터였다. 휘은이는 고개를 절레절레했다.

"프래베니 1기 표준형은 100킬로그램이거든. 다른 장치를 추가했다면 그보다 더 무거울 테고 말이야. 아무래도 너희 엄마한테 데리러 와 달라 해야 할 것 같다."

그건 안 될 말이었다. 엄마가 제프의 '제' 자도 알게 해선 안 되었다.

엄마는 인공 지능 로봇을 좋아하지 않았다. 생각 없는 것들이 생각 있는 척 행동하는 것부터가 맘에 들지 않으며, 또 말귀를 반밖에 못 알아듣거나 제멋대로 알아듣는 존재는 엄마 인생에 아빠랑 나 둘만으로 충분하다고도 했다. 엄마는 므두셀라도 싫어했는데, 므두셀라의 에너지 순환기가 고장 났을 때는 듣던 중 반가운 소리라며 당장 내다 버리든지 아빠에게 보내 버리든지 하라고 했을 정도다. 그런 엄마에게 그동안 모은 돈 다 털어서 고물 안드로이드를 샀다고 고백했다간 몇 년 치 잔소리를 몰아 들을 게 뻔했다. 휘은이는 내 사정이야 딱하지만 자기는 수영 레슨을 가야 한다며, 새로 구매한 조류 바이오 로봇을 안고 가 버렸다.

팔도 잡아끌어 보고 다리도 당겨 보았지만 제프는 꿈쩍도 하지 않았다. 환불도 불가능했다. 고물상 측에서 환불이 안 된다는 조건으로 100페눅스를 더 깎아 주었던 것이다. 용달을 부르는 비용도 최소 1,000페눅스부터 시작했다. 수동 휠체어라도 빌려서 집까지 싣고 가야 하나 고민하고 있는데 직원이 다가왔다.

"두 다리 멀쩡한 녀석이니까 그냥 깨워서 데려가요. 원한다면 바로 충전해 줄게요."

필요한 부품을 꺼내 쓸 용도로 구매했기 때문에 굳이 로봇을 깨우고 싶진 않았다. 하지만 엄마한테 제프의 존재를 알릴 수도 없고, 용달 트럭을 대여하기엔 돈이 부족했다.

결국 나는 직원에게 부탁하여 제프를 충전했다. 고속 충전이 끝난 뒤, 목덜미의 전원 버튼을 눌러서 제프를 깨웠다. 나는 제프에게 내 이름과 망막 정보와 음성, 지문을 등록하고 집 주소를 간단히 입력했다.

"다유 님, 반갑습니다. 나는 제프입니다. 새 소유주는 5세에서 7세의 아동이었으면 했습니다. 그렇다고 다유 님이 맘에 안 든다는 뜻은 아닙니다. 사실 다유 님이 5세에서 7세의 아동이었다고 해도 온유 햇살 어린이집 아동이 아니면 소용이 없거든요. 그러니까 내 말은 신경 쓰지 않아도 됩니다."

나는 어이가 없어서 대꾸도 않고 트램 정류장으로 향했다. 녀석도 졸래졸래 나를 따라왔다. 트램이 도착하자 제프 몫의 화물 요금을 지불하고 녀석을 내 앞자리에 앉혔다.

"집에 도착할 때까지 한마디도 하지 마. 명령이야."

제프는 내 말을 따랐다. 하지만 다른 승객들이 제프를 내버려 두지 않았다. 흉한 걸 본 것처럼 소스라치거나 인상을 찌푸리기 예사였고, 무심코 근처에 앉으려다가 제프를 보고는 놀라서 다른 곳으로 달아나기도 했다. 제프가 입이 근질근질한 눈빛으로 두어 번 나를 돌아보았지만 못 본 척했다.

제프와 나는 우리 동네 교회 앞 정류장에서 내렸다. 아빠와 조기 볼링회를 같이했던 건강 즙 판매점 아저씨가 나와 제프를 갈마보며 고개를 갸웃거렸다. 골목에 야외 탁자를 내놓고 장사를 해서 몇 번이나 동네 사람들과 시비가 붙었던 숯불 닭갈비집 사장 아주머니도 심란한 눈빛으로 우리를 보고 있었다. 은퇴와 동시에 전투 기능이 제거되긴 했지만 여전히 구형 전투 로봇처럼 보이는 탓이었다. 더구나 어른들은 녀석이 프래베니 1기 로봇이라는 걸 알아본 눈치였다. 동네 어른들의 뜨악한 표정들 때문인지 나는 엄마의 허락도 받지 않고 야생 동물을 집에 데려가는 어린애가 된 기분이었다.

대문을 열고 집 마당으로 들어서자 제프는 탄성을 터뜨렸다.

"우아, 기대했던 것보다 훨씬 멋집니다. 여기가 다유 님의 집입니까?"

제프는 낡은 파라솔이 있는 덱 쪽을 보고 있었다.

"그렇긴 한데, 네가 지낼 곳은 저기야."

나는 제프를 잡동사니 창고이자 내 작업실인 별채로 데려갔다. 소형 정수기 크기의 므두셀라는 며칠 전에 내가 만지다 만 그대로, 책상 위에 놓여 있었다. 서두르면 엄마가 퇴근하기 전에 므두셀라의 수리를 마칠 수 있을 것 같았다.

"작업대에 올라가서 누워."

나는 고글을 끼고 미세 전동 드라이버를 작업대 가장자리에 걸었다. 전원을 끄려고 목덜미를 더듬었더니 제프 스스로 뒷목이 잘 보이도록 엎드렸다.

"나를 뭘로 개조할 건가요?"

제프는 내가 자신을 왜 사들였는지 전혀 모르는 눈치였다. 그렇다고 에너지 순환기랑 쓸 만한 부품 몇 개만 꺼내고 나머지는 고철 쓰레기로 내놓을 생각이라고 곧이곧대로 말할 수가 없었다.

"글쎄, 그걸 네가 알아서 뭐 하게?"

나는 일부러 퉁명스럽게 대답하고는 검지를 전원 버튼에 갖다 대었다.

"다유 님이 나를 어떤 용도의 로봇으로 개조하든 다 괜찮습니다. 다만……."

서둘러 전원을 꺼 버려야 했는데, 녀석이 말끝을 흐리는 바람에 나는 녀석의 이야기에 말려들고 말았다.

"다만 뭐?"

"아이들이 좋아하는 로봇이면 좋겠습니다."

"아이들이 좋아하는 로봇? 아이 돌보미 로봇이나 소꿉장난 로봇이 되고 싶단 뜻이야?"

"아뇨. 사실 설명하기가 쉽지 않은데…… 내 꿈은 아이들에게 인기가 많은 로봇이 되는 것입니다."

그때 나는 제프의 낡은 전자 두뇌에 오류가 발생한 거라 생각했다. 고물상 직원에게 넘겨받은 제품 거래 이력서에 따르면 제프는 외계 곤충 박멸 작전에 투입되어 12년간 일하다가 17년 전에 은퇴한 로봇이었다. 은퇴한 뒤 처음 7년간은 전원이 꺼진 채 노천 와인바의 정원에 조형물로 세워져 있었고, 이어서 6년 동안 개인 창고에 낡은 가전들과 함께 쌓여 있다가 중고상을 거쳐 고물상에 넘겨진 터였다. 녀석의 이력을 아무리 살펴보아도 어린이와의 접점은 보이지 않았다. 은퇴 전에 외계 곤충만 때려 잡던 녀석이 어린이를 언급한다는 것 자체가 비정상이었다. 17년간 매매가 이뤄질 때 말고는 대부분 꺼진 채 방치되어 있었으니 머리가 고장 났다고 해도 이상할 건 없었다.

"설마 다유 님도 은퇴 로봇의 꿈이 전자 부품과 고철들로 분해되어 재활용되는 것이라고 믿는 건 아니죠?"

제프는 고물상 창고 외벽의 그림을 눈여겨본 모양이었다. 녹이 슨 구형 로봇이 온갖 전자 부품들 속에서 손을 흔들며 서 있는 그림이었다. 로봇의 머리 옆쪽에는 '나는 재활용되고 싶어요.'라는 말풍선이 떠 있었다.

나는 제프의 전원 버튼에서 손을 떼었다. 은퇴 로봇의 꿈 같은 건 내 알 바 아니었다. 하지만 할 말이 무척이나 많아 보이는 로봇을 해체시키려니 내 손으로 누군가의 입을 틀어막는 것 같아 꺼림칙했다.

일단 고글을 벗고 심호흡을 했다. 애초에 고물상에서 제프의 전원을 켠 것부터가 잘못이었다. 휘은이 말대로 야단을 맞더라도 엄마에게 데리러 와 달라고 부탁했어야 했다. 그랬다면 제프는 줄곧 전원이 꺼진 상태였을 것이고, 나도 아무렇지 않게 녀석의 몸에서 에너지 순환기를 꺼냈을 터였다.

책상 위에 있는 므두셀라를 보았다. 귀찮을 때도 많지만 므두셀라는 나와 15년을 함께 산 가족이었다. 그런 녀석을 계속 정물처럼 버려둘 순 없었다. 하지만 제프의 몸에 전동 드라이버를 내리꽂을 용기가 안 났다. 녀석은 엎드린 채 '아기 상어'라는 노래를 불러 대고 있었다. 노래가 끝난 뒤에는 묻지도 않았는데 선곡 이유까지 밝혔다.

"전 세계 음원 사이트에서 가장 재생 수가 높은 동요라고 하더군요. 그건 많은 아이들이 아기 상어를 듣고 자란다는 뜻 아니겠습니까. 온유 햇살 어린이집 아이들 역시 마찬가지일 테고요."

제프의 수다에 시달리며 전동 드라이버를 쥐었다가 내려놓았다가 반복하고 있는데 엄마가 돌아오는 소리가 났다. 나는 엄마를 핑계로 얼른 별채를 빠져나왔다. 밤에 침대에 누웠을 땐 자고 나면 모든 게 원래대로 리셋되어 있길 바랐다. 제프 같은 건 본 적도 없고, 내 전자 통장에는 4,500페눅스가 들어 있으며, 작업실에는 고장 난 므두셀라만 있었으면 했다. 하지만 아침에 별채 문을 열자마자 제프와 눈이 마주치고 말았다.

녀석은 두 팔을 축 늘어뜨린 채 작업대 걸터앉아 있었다.

"좋은 아침입니다, 다유 님."

"이따 봐."

나는 대충 손을 흔들어 주고는 별채 문을 다시 닫았다.

학교에서 휘은이를 붙잡고 사정을 설명했더니 녀석은 두 가지 방법을 알려 주겠다고 했다.

"먼저 '제프는 전자 제품이다, 제프는 전자 제품이다.'를 수십 번 반복하는 거야. 말에는 힘이 있거든. 그래서 같은 말을 되풀이하다 보면 스스로 설득이 돼. 두 번째는 일에 능숙하고도 인격적으로도 신뢰할 만한 전문가에게 해체 작업을 의뢰하는 거지."

그러면서 본인에게 부탁하면 단돈 30페눅스에 해 주겠다고 했다. 다른 사람한테는 100페눅스를 받는데 나는 '베스트 프렌드'니까 거의 공짜나 다름없는 70퍼센트 할인가로 처리하되, 알거지 상태인 내 통장 잔고를 감안하여 다음번 용돈 들어오는 날까지 비용 청구를 유예하겠다는 것이었다. 나는 휘은이의 제안을 받아들였고, 우리는 학교가 끝나자마자 별채 작업실로 갔다.

하지만 제프가 사라지고 없었다.

작업실 벽장까지 뒤져 봤지만 녀석은 어디에도 없었다.

*

처음에는 엄마를 의심했다.

로봇은 소유주의 허락 없이는 주소지를 이탈할 수 없기 때문에 누군가 강제로 제프를 옮겼을 가능성이 컸고, 별채 도어록 비밀번호를 아는 사람은 엄마와 나 둘뿐이기 때문이다. 하지만 종일 엄마에게선 문자 메시지 하나, 전화 한 통 없었다.

조용히 일을 처리하는 건 엄마의 방식이 아니었다. 엄마가 우연히 제프를 발견하고 처분했다면 엄마의 친구들, 휘은이네 엄마, 시골 할머니와 아빠까지 다 알도록 최대한 요란하게 생중계를 했을 것이다. 엄마는 자신이 얼마나 피곤한 인생을 사는지 주변인들에게 확실히 인지시키는 사람이었다.

강제 침입의 흔적도 없으니 제프 스스로 별채 문을 열고 나갔다고 볼 수밖에 없었다. 휘은이와 함께 제프를 찾아 한 시간 가까이 동네를 돌아다니는데, 낙석 경찰서에서 전화가 왔다. 제프가 경찰서 유기 로봇 관리과 유치장에 있으니 데리러 오라는 것이었다. 휘은이랑 유치장으로 달려갔더니, 녀석은 고물상에서 처음 봤을 때처럼 술 취한 노인마냥 유치장 바닥에 앉아 있었다.

나는 화가 나서 유치장의 철제 격자창을 마구 두드렸다.

"어떻게 된 거야? 왜 주소지 밖으로 나갔어?"

하지만 제프는 태평한 얼굴로 대꾸했다.

"다유 님이 등록한 내 주소지는 고양시 일산동구 낙석동입니다. 나는 낙석동을 벗어나지 않았어요."

나는 손바닥으로 내 옆통수를 몇 대 때렸다. 제프에게 상세 주소를 입력하지 않은 내 실수였다. 부품을 꺼내 쓸 용도로 구매했기 때문에 녀석이 제 발로 돌아다닐 가능성을 염두에 두지 않았던 것이다. 어쨌거나 등록된 주소지 안에서 돌아다녔다는 건 유기 로봇의 조건에 해당되지 않았다. 나는 전화로 제프 소식을 알려 주었던 경찰에게 따졌다.

"주소지 안에서 돌아다니는 로봇을 왜 여기 가둬 둔 거예요?"

"주소지 이탈 때문에 잡아 왔다고 말한 적은 없다. 낙석 어린이집 근처 놀이터에서 떠돌이 로봇이 아이들을 위협하고 있다는 신고를 받고 데려온 거야."

경찰이 제프의 모습이 담긴 놀이터 CCTV 영상을 보여 주었다. 너무나 익숙한 놀이터 풍경에 나도 모르게 헛웃음이 터졌다. 낙석동에 하나밖에 없는 어린이집 앞에 있는, 낙석동의 유일한 놀이터였다. 나도 초등학교 내내 출근 도장을 찍다시피 했고, 중학생이 된 후에도 일주일에 한두 번은 찾는 곳이었다. 이 동네에서 맘 편히 시간을 뭉갤 곳은 거기 놀이터밖에 없었다. 제프는 노란 타이어 그네 옆에 서 있었다. 경찰이 제프의 모습을 확대해 주었다. 녀석은 머리에 커다란 리본 머리띠를 쓰고, 두 손을 앞으로 모은 채 몸을 꼬면서 춤을 추고 있었다.

"어휴, 저게 뭐야?"

휘은이는 못 볼 걸 본 것처럼 고개를 돌렸다.

담당 경찰은 제프 때문에 어린아이들이 얼마나 비명을 질러

댔는지, 부모들의 민원이 얼마나 빗발쳤는지, 전투 로봇의 관리가 제대로 이뤄지지 않을 경우 소유주가 어떤 처벌을 받게 되는지 쉴 새 없이 쏟아 냈다. 나는 제프가 17년 전에 은퇴하면서 모든 전투 기능을 상실했으며, 그 뒤로는 줄곧 가정용 안드로이드로 분류되어 매매되었다고 정정했다. 사실을 말했을 뿐인데 어쩐지 경찰은 처음보다 더 성이 난 것처럼 보였다.

100페눅스의 벌금을 내고서야 제프를 유치장에서 꺼낼 수 있었다. 경찰서를 나서서 골목길을 따라오는 내내 제프에겐 눈길도 주지 않았다. 약국을 지날 때쯤 녀석이 리본 머리띠가 어쩌고 떠들려는 걸 휘은이가 나서서 입을 막았다.

"송다유네 집 로봇들은 눈치 없는 게 전통인가? 므두셀라 녀석은 제 주인이 기말 성적표 조작하다 걸려서 엄마한테 혼나고 있을 때도 찰칵찰칵 사진을 찍어 대더니, 너는 동네 떠들썩하게 사고를 쳐 놓고 머리띠 얘기가 나오냐? 싹싹 빌어도 모자랄 판에. 너 때문에 벌금 내느라고 네 주인 돈 다 쓴 거 몰라? 어제 고물상에서 네 몸값 내고, 너 트램 태워서 집에 데려오느라 딱 100페눅스 남았었는데 그걸 오늘 네가 털어먹은 거야. 네 주인 길바닥에 나앉게 생겼다고!"

휘은이의 목소리가 동네 골목에 쩌렁쩌렁 울렸다. 눈치가 없기로는 휘은이도 므두셀라나 제프 못지않았지만, 나는 휘은이의 입을 막을 힘도 없었다. 제프 때문에 놀이터에 있던 아이들이 충격을 받았을 걸 생각하니 머리가 터질 것 같았다. 나는 므두셀라를 고칠 부품이 필요했을 뿐인데 어린애들이나 괴롭히는 양아치를 데려온 꼴이 되고 말았다. 이 일이 엄마 귀에 들어가면 제프를 내다 버리는 정도로 끝나지 않을 것이다. 잦은 고장을 일으켜 제프를 집으로 끌어들일 원인을 제공했다는 이유로 므두셀라까지 아빠네 집으로 보내지고, 나는 별채 출입을 금지당할지도 몰랐다. 안 그래도 엄마는 별채를 밀어 버리고 바이오팜 온실을 짓고 싶다고 입버릇처럼 말해 온 터였다. 실제로 엄마의 서재에는 바이오팜 관련 책들이 잔뜩 꽂혀 있었다.

"우리 엄마 퇴근까지 한 시간도 안 남았는데 그 전에 끝낼 수 있어?"

휘은이에게 제프의 해체 작업에 대해 물었다.

"쓸 만한 부품들이 얼마나 더 있을지는 몸을 열어 봐야 알겠지만 일단 에너지 순환기 분리는 오 분 컷."

별채 작업실에 도착하자마자 나는 제프를 작업대에 똑바로 눕혔다. 휘은이는 고글을 착용하고 미세 전동 드라이버의 상태를 확인했다.

"전원부터 꺼 줘. 네 로봇이니까 전원 버튼도 네 지문에만 반응하잖아."

나는 제프의 목덜미로 손을 밀어 넣었다. 그 순간 제프와 눈이 마주쳤다.

"혹시 내가 해체되어 재활용되는 겁니까? 고물상 창고 외벽에 있던 그림처럼요.”

나는 고개를 끄덕였다. 제프는 반항하거나 해체 이유를 묻는 대신 내 눈을 올려다보며 말했다.

“다유 님에게도 리본 머리띠를 한 내 모습을 보여 주고 싶었는데 아쉽습니다. 분명 놀이터의 아이들처럼 다유 님도 좋아했을 텐데요.”

제프의 말에 휘은이는 고개를 저으며 나를 보았다. 정신 나간 로봇의 말 같은 건 무시하고 빨리 전원을 끄라는 신호였다. 하지만 나는 전원 버튼을 누르는 대신 제프에게 따져 물었다.

“괴상한 머리띠를 쓰고 어린애들을 괴롭혀 놓고 그걸 무슨 자랑마냥 떠든다고? 그것도 해체되기 직전까지?”

퍼붓고 싶은 말이 한참 남았는데 휘은이가 전동 드라이버로 작업대 모서리를 콩콩 쳤다.

“그만해. 애는 그냥 고장 난 기계야. 압력밥솥이 밥을 죽으로 만들었다고 해서 성을 내고 따지고 들면 밥솥 주인이 더 이상한 거야.”

그 순간 제프가 내 손을 쥐었다.

“리본 머리띠는 의류 수거함 근처 바닥에서 주운 거예요. 빨간색 바탕에 하얀색 물방울무늬가 있고, 머리띠의 폭이 넓어서 정수리와 옆통수를 완전히 감싸 주는 디자인이었지요. 그걸 머리에 쓰니까 내 자신이 귀여워진 것 같았습니다. 다유 님에게도 보여 주고 싶었어요. 그래서 놀이터에서 어린이들이랑

놀아 준 다음 다유 님을 찾아갈 생각이었고요."

"머리띠를 쓴 걸 보면 내가 좋아할 거라고 생각한 거야?"

"확신하지는 못했어요. 하지만 세상에는 귀여운 걸 좋아하는 사람들이 있으니까, 다유 님도 그럴 가능성이 있다고 판단한 겁니다."

나는 제프가 무슨 말을 하는지 알아들을 수가 없었다.

"야, 빨리 좀 시작하면 안 돼? 나 이따가 바이올린 레슨 있어."

휘은이가 짜증을 냈다. 이번에는 나도 머뭇거리지 않고 전원 버튼을 눌렀다. 제프는 눈을 뜬 채로 고요해졌다.

"중요한 부품들은 다 꺼내 줄 테니까 잘 정리해 뒀다가 므두셀라 수리할 때 써. 그리고 전자 두뇌 백업 장치는 로봇 중고 나라에 팔아. 프래베니 1기의 전자 두뇌 백업 장치면 500페눅스 정도는 받을 수 있어."

휘은이는 전동 드라이버로 제프의 몸통 덮개를 벗겨 냈다.

"저기, 잠깐만!"

나는 팔을 뻗어 제프의 몸통을 가렸다.

"왜 또? 송다유 너 설마 제프를 살려 두려는 거야? 이 녀석을 사람처럼 생각하는 건 아니지? 로봇한테 감정 이입을 하는 건 동네 머저리들이나 하는 짓이야."

나는 이 일로 휘은이에게 동네 머저리 취급을 받을지도 몰랐다. 하지만 제프는 내가 사들인 고물이니까 녀석을 어디까지 해체할지는 내가 결정할 몫이었다.

"일단 에너지 순환기만 분리해 줘. 그 나머지는 어떻게 할지 천천히 결정할게."

휘은이는 한심하다는 듯 눈을 흘기고는 내 손을 걷어 냈다.

"알았으니까 넌 가서 간식이나 챙겨 와. 경찰서까지 뛰어갔다 왔더니 배고파 죽겠네."

나는 위잉 하는 전동 드라이버 소리를 들으며 별채를 빠져나왔다. 부엌 찬장에서 컵라면을 찾아 물을 붓고, 레모네이드도 두 잔 따랐다. 간식 쟁반을 들고 별채로 돌아갔을 땐 이미 작업이 끝난 뒤였다. 휘은이는 에너지 순환기를 므두셀라가 있는 책상에 올려 두고서 제프의 몸통 덮개를 씌우고 있었다.

그날 밤에 나는 제프의 에너지 순환기로 므두셀라를 깨웠다. 몇 주 만에 깨어난 녀석은 여전히 부산스러웠다.

"내가 잠든 사이에 키가 1센티미터 넘게 자랐군요, 다유 님. 그 과정을 기록하지 못해 아쉽습니다."

바닥을 돌아다니며 나를 촬영하던 므두셀라가 작업대에 누워 있는 제프를 발견했다.

"저 안드로이드는 뭔가요? 다유 님이 새로 사 온 건가요?"

"응. 고물상에서 하나 데려왔어."

"그렇다면 촬영해 두겠습니다. 훗날 다유 님에게 중요한 추억이 될지도 모르는 존재니까요."

므두셀라는 무한궤도 바퀴와 몸통 사이를 작업대 높이만큼

184

늘인 다음 촬영 준비에 들어갔다.

"앤 됐어. 고철 잡동사니를 뭐 하러 찍어?"

나는 캐비닛에서 담요를 꺼내어 제프의 몸을 덮어 버렸다.

"별채 밖에서 저 녀석을 떠올릴 일은 없을 거야."

*

다음 날 아침, 집을 나서자마자 골목의 의류 수거함이 눈에 들어왔다. 엄마 차를 타고 낙석동 주상 복합 단지를 지나는데 또 다른 의류 수거함이 눈에 띄었다. 초등학교로 이어지는 골목에서 세 번째 의류 수거함을 맞닥뜨렸다. 우리 동네에 이렇게 의류 수거함이 많은 줄은 나도 처음 알았다. 세 번째 수거함은 가득 찼는지 낡은 면바지가 긴 혓바닥처럼 밖으로 늘어져 있었다. 수거함 밑에는 잡화를 담은 것으로 보이는 쇼핑백들이 쌓여 있었다.

"의류 수거함에 온갖 잡동사니를 다 내놓으니까 고장 난 로봇이 머리띠를 주워 쓰고 그러지."

나직이 구시렁거리는데 엄마가 므두셀라에 대해 물었다.

"므두셀라는 고쳤니? 제일 비싼 부품이 망가졌다고 툴툴댔었잖아."

"같은 회사 제품은 아니지만 호환 가능한 걸로 구했어요."

"어쨌든 네 로봇이니까 관리 잘해라. 이번에 마당에 잔디 새로 입혔으니까 므두셀라 바퀴에 상하지 않게 네가 잘 살펴. 그리고 웬만하면 엄마 사진은 찍지 말라고 해. 네 아빠랑 헤어졌는데 계속 같은 앨범에 등장하는 거 기분 별로야. 몇 번 경고했는데도 내 말은 듣지도 않아. 고물상에 팔아 버리든지 해야지."

엄마는 므두셀라와 17년째 같이 살고 있으면서도 여전히 녀석을 탐탁찮은 가전제품 정도로 취급했다.

학교에 갔더니 휘은이가 떨떠름한 표정으로 내 얼굴을 들여다봤다.

"제프는 어쩌고 있냐? 무슨 시체한테 하듯 천을 뒤집어씌우고 그런 건 아니지?"

나는 속으로 뜨끔했지만 일단 손을 내젓고 보았다.

"내가 미쳤냐. 그냥 고철 덩어리일 뿐인데."

"오늘 오후에 시간 돼?"

휘은이는 지난번 고물상에서 산 조류 바이오 로봇을 그새다 고쳤다. 큰부리새를 닮아서 이름을 '투칸'이라 짓고, 철근과 나무 막대로 횟대도 만들어 줬다고 자랑을 늘어놓았다. 하지만 오늘은 남의 집 새 구경이나 하러 다닐 기분이 아니었다. 시험을 채점하다 만 것 같은 찜찜함에, 동네 머저리가 된 것 같은 자괴감이 뒤섞여서 혼자 있고 싶었다.

학교를 마치고 집에 가서는 별채에 들르지 않고 방으로 곧장 갔다. 므두셀라가 따라 들어와서 학교에서의 일을 캐묻기 시작했다. 딱 하루만이라도 나의 학교생활을 촬영할 수 있게 엄마를 통해 학교 측에 공식 요청을 해 보라는 등 헛소리를 늘어놓기도 했다.

"그러지 말고 앨범이나 보여 줘. 키워드는 여름, 주말."

므두셀라의 입을 닫게 하는 방법으로는 그게 제일이었다. 녀석은 곧장 암막 커튼을 치고 침대 맞은편 벽에 롤스크린을 내렸다. 므두셀라가 띄워 준 거의 모든 사진 속에 엄마 아빠와 내가 있었다. 나 혼자 놀고 있는 사진에도 두 사람의 흔적이 보였다. 엄마가 골라 준 옷, 아빠가 사 준 장난감, 엄마가 데려간 박물관. 아빠가 사 온 생일 케이크의 촛불을 끄는 나, 엄마가 거실에 사다 놓은 빈백에 드러누워 엄마가 선물해 준 책을 읽는 나. 이유야 뻔했다. 므두셀라는 가족 연대기 로봇이었고, 나는 엄마와 아빠라는 연산이 빚어낸 결과였으니까.

이 집에서 그 연산에서 조금이라도 벗어난 건…… 어이없게도 제프 하나였다.

제프를 고물상에서 데려온 것까진 아빠와 연결된 지점이었다. 므두셀라는 아빠가 나에게 물려준 로봇이었고 내 통장에 있던 돈 대부분은 아빠가 보내 준 용돈이었다. 하지만 제프는 저 스스로 머리띠를 주워 쓰고 아이들을 만나러 갔다. 녀석은 므두셀라가 만드는 우리 가족의 연대기에 다 담기지 않는 존재였다.

므두셀라를 떼어 놓고 혼자 놀이터로 갔다. 제프가 물방울 무늬 리본 머리띠를 쓰고 기괴한 몸짓으로 아이들을 놀라게

했던 그 현장이었다. 노란 타이어 그네를 사이에 두고 남자아이 둘이 서로를 노려보고 있었다. 무언의 신경전 끝에 모자를 쓴 아이가 그네를 차지했다. 밀려난 아이는 엉엉 울면서 육아 도우미로 보이는 중년 여자에게 달려갔다.

"놀이터 싫어. 재미없어. 제프는 왜 안 와? 제프가……."

아이의 입에서 그 이름이 나왔을 때 나는 귀를 의심했다. 아이는 제프라는 이름의 누군가를 기다리고 있었다. 물론 아이가 말한 제프는 아이의 친구 중 하나일 수도 있었다. 제프가 꼭 게임 속 지하 던전이나 우리 집 별채에만 있으란 법은 없으니까. 하지만 제프가 놀이터에서 난동을 부린 지 하루밖에 안 지난 시점이라 확인 정도는 해 볼 필요가 있었다.

아이와 여자에게 다가가서 그 제프가 혹시 로봇이냐고 물었다. 아이는 일 초도 망설이지 않고 고개를 끄덕였다.

"맞아. 못생기고 키 큰 로봇이야. 어제 여기 왔었어. 아기 상어 노래 열 번도 더 불렀어."

"그럼 제프가 손을 이렇게 하고 있던 게 아기 상어 춤을 추는 거였어?"

나는 손을 모아 보였다.

"응. 제프는 팔이 고장 나서 춤을 못생기게 춰."

양쪽 어깨 관절이 헐거워진 상태라 팔을 제대로 컨트롤하기 힘들었을 것이다.

"혹시 제프 때문에 많이 무서웠니?"

"아니, 재밌었어."

"경찰 말로는 무서워서 비명을 질렀다고 하던데?"

"안 무섭고 웃겼어. 잡기 놀이도 같이 하고 싶었는데 제프가 못 한댔어. 자기는 우리를 만지면 안 된대."

그러고 보니 경찰이 보여 준 CCTV 영상에서 자세히 본 건 춤을 추는 제프의 모습밖에 없었다. 실제 아이들 반응이 어땠는지는 그 영상만으로는 확인할 수 없었다.

"제프 어디 사는지 알아?"

아이가 물었지만 나는 아무 대답도 못 하고 돌아섰다. 경찰서 유치장과 벌금이라는 충격 때문에 제프가 어마어마한 사고를 쳤다고만 생각했다. 놀이터에 있던 아이들의 보호자들 입장에선 170센티미터의 안드로이드가 반질반질한 두상에 리본 머리띠를 쓰고 돌아다니는 게 섬뜩하다 못해 불쾌했을 것이다. 하지만 아이가 기억하는 제프는 달랐다. 아이는 제프를 싫어하는 것 같지 않았다.

나는 제프에게 더 들어야 할 것들이 있다는 사실을 인정할 수밖에 없었다. 나에게 제프는 하다 만 이야기였다. 은퇴한 전투 로봇이 머리띠를 주워 쓰고 아이들 앞에서 춤을 췄다. 그런데 녀석이 왜 아이들에게 달려갔는지는 듣지 못했다. 아이들이 좋아하는 로봇이 되고 싶어 한다는 것까진 들었지만 그 이유에 대해서는 들은 바가 없었다. 제프에겐 이야기를 마무리할 시간이 없었던 것이다.

별채 문을 열자 담요를 뒤집어쓴 제프가 보였다.

당장 제프를 깨우고 싶었지만 그러자면 므두셀라를 다시 잠재워야 했다. 에너지 순환기가 하나 더 생긴다면 모를까, 그 전까지 제프와 므두셀라는 공존할 수 없다. 결국 나와 제프의 이야기는, 우리 가족의 연대기 바깥에 존재했다. 그 세계의 제프에겐…… 나밖에 없었다.

담요를 걷어 내고, 휘은이의 키에 맞춰 놓은 작업대 높이를 내 키에 맞게 다시 조정했다.

작업실 컴퓨터에게 프래베니 1기 모델 구조도를 찾아오게 한 다음, 어깨 부분을 확대해서 모니터에 띄워 놓았다. 다행히 제프의 어깨 관절에서 부서지거나 사라진 부품은 없었다. 어깨 봉우리 아래 회전 관절이 헐거워진 상태였다. 위팔뼈와 어깨 덮개를 벗겨내고 회전 관절의 축을 조였다. 양쪽 관절을 다 손보고 마지막으로 어깨판을 덮고 있는데 므두셀라가 별채 문을 두드렸다. 문을 열어주자마자 녀석은 쪼르르 제프에게 갔다.

"안드로이드를 손보고 있었군요. 기록으로 남길까요?"

나는 대답 대신 므두셀라를 책상 위로 안아 올렸다. 에너지 순환기 하나를 나눠 써야 하는 상황을 설명하자, 므두셀라는 더 중요한 일을 하는 로봇이 에너지 순환기를 가져야 한다고 딱 잘라 말했다. 하지만 결정권을 가진 건 나였다. 나는 꼭 다시 깨워 주겠다고 약속한 뒤 므두셀라의 몸에서 에너지 순환기를 빼냈다.

제프의 내부 구조는 므두셀라에 비해 상당히 복잡했다. 하지만 휘은이를 부를 용기도, 수리 센터 직원을 부를 돈도 없었다. 제프를 깨우는 일은 온전히 내 몫이었다. 에너지 순환기 주변을 확대한 구조도를 다운받아서 띄워 놓고, 매뉴얼대로 순환기를 연결했다. 휘은이였으면 몇 분 만에 해치웠을 일을 나는 한 시간 가까이 끙끙거렸다. 에너지 순환기가 제대로 자리 잡은 걸 확인한 후 상체 덮개를 씌우고 전원 버튼을 눌러 제프를 깨웠다.

"다시 만나 반갑습니다, 다유 님."

나는 인사를 생략하고 녀석에게 우리 집 상세 주소부터 등록했다.

"주소지는 우리 집 전체지만 여기 작업실에서 한 발짝도 나가선 안 돼. 명령이야. 마당에 돌아다니다가 우리 엄마 눈에 띄면 그땐 우리 둘 다 끝이야."

"알겠습니다. 저 출입문 밖으로는 절대 나가지 않겠습니다."

제프는 생각보다 말이 통하는 로봇이었다. 나는 제프의 까맣고 둥근 동공을 쏘아보며 새끼손가락을 내밀었다.

"약속! 너도 새끼손가락을 걸어."

"이렇게 말입니까?"

"그래. 이 상태에서 엄지로 도장까지 찍으면 인간들끼린 서로 약속을 지키겠다는 뜻이 돼. 하지만 너는 로봇이고, 나는 네 소유주니까 로봇이 약속을 어길 경우 소유주가 로봇을 폐기한다는 뜻으로 쓸 거야."

나는 엄지로 제프의 엄지에 도장을 찍었다. 휘은이가 알면 로봇이랑 손가락이나 거는 동네 머저리라고 야유하겠지만 그래도 명령을 명확하게 하고 나니 마음이 놓였다. 사고를 치지 못하게 조치를 취했으니 이제 제프의 이야기를 마저 들을 차례였다.

"넌 처음에 네 소유주가 5세에서 7세 아동이길 바랐다고 했어. 또 무슨 용도로 개조되든 어린이들이 좋아하는 로봇이 되고 싶다고도 했지. 나중에는 놀이터에 가서 아이들 앞에서 춤까지 췄어. 전투 로봇 출신인 네가 그렇게까지 아이들에게 집착하는 이유가 뭐야?"

"나는 태양계에 날아든 거대 외계 생물과 싸우는 프래베니 1기 전투 로봇이었습니다."

외계 생물은 30년 가까이 화성을 뒤덮고 있는 '서커'들을 말하는 것이었다. 서커는 몸길이가 60센티미터에서 1미터 정도 되고, 전체적인 외양은 지구의 사마귀와 비슷했다. 하지만 날개와 몸통의 대부분이 금속 성분으로 이루어져서 지구의 탄소 기반 생명체들과는 확실히 달랐다.

소행성대와 화성을 차례로 점령한 서커들이 지구마저 뒤덮을지도 모른다는 불안감이 고조되었다. 그래서 처음에는 서커들을 몰살하자는 여론이 높았다고 한다. 프래베니 1기들은 그 시기에 화성으로 파견되어 서커들과의 전쟁을 시작했다. 하지만 전쟁 2년 차에 서커들이 광물에 들러붙어서 영양을 빨아들이며 물이나 산소를 필요로 하지 않는다는 사실이 밝혀졌다. 외계 생물에게 '낙지나 오징어의 빨판'을 뜻하는 서커라는 이름이 붙은 것도 그 시기였다.

그 무렵 서커들을 보호하자는 여론이 형성되었다. 서커들에 대한 공격을 중단하라는 시위가 세계 곳곳에서 벌어지기도 했다. 그 과정에서 프래베니 1기들은 서커 학살의 상징이 되고 말았다. 사실 우리 동네 찻길만 해도 '서커를 지켜라'라는 띠지를 부착하고 다니는 차들이 심심찮게 지나다녔다. 엄마의 서재 책상에도 같은 구호가 새겨진 작은 깃발이 꽂혀 있었다. 그건 엄마가 제프 같은 프래베니 1기 로봇을 그다지 좋아하지 않을 가능성이 높다는 뜻이었다.

제프는 설명을 이어 갔다.

"전쟁 5년 차가 되자 인류의 70퍼센트가 서커 학살을 반대한다는 조사 결과가 나왔습니다. 우리 프래베니 1기들은 가장 싫어하는 로봇이 무엇이냐는 설문 조사에서 부동의 1위를 차지하게 되었고요. 하지만 전쟁 10년 차에 아주 특별한 설문 조사가 있었어요."

전쟁 10년 차면 지금으로부터 19년 전으로, 내가 태어나기도 전의 일이었다. 그해에 대전시 온유 햇살 어린이집에서 원아들을 대상으로 가장 좋아하는 로봇의 기종과 그 이유를 묻는 설문 조사가 실시되었다.

"그때 프래베니 1기가 10위에 뽑혔어요. 믿어지십니까, 다유 님? 가장 싫어하는 로봇으로만 뽑히던 우리가 아이들이 좋아 하는 로봇 10위에 뽑힌 겁니다. 어린이용 공기 정화 로봇 프레 쉬와 공동 10위였고, 각각 한 표씩을 받았지요. 그때 우리에게 한 표를 준 아이가 밝힌 이유를 나는 아직도 또렷하게 기억하 고 있습니다."

"뭔데?"

"엄청 귀여워서."

아이가 프래베니 1기를 왜 엄청 귀엽다고 했는지는 제프도 모르지만, 추측하는 바는 있다고 했다.

"아이는 서커와 싸우는 프래베니 1기가 아니라 군수 업체에 서 홍보 자료로 만든 사진 속 프래베니 1기를 봤을 수도 있어 요. 프래베니 1기를 검색하면 그 사진이 대표 이미지로 뜨거든 요. 반질반질한 갈색 몸에 카우보이모자를 들어 보이며 웃고 있는 사진이지요."

은퇴 시기가 다가오자 제프는 지구 방위 사령부의 프래베 니 관리자에게 전자 메일을 보내어, 자신이 은퇴하면 대한민 국 중고 시장에 팔아 달라고 부탁했다. 관리자가 부탁을 들어 준 건지, 은퇴 후 제프가 눈을 뜬 곳은 대한민국 양평군의 노 천 와인바 정원이었다. 7년 동안 정원의 장식품으로 세워져 있 다가 다른 중고상에 다시 팔려 가는 날이었다.

"그날 눈을 뜨자마자 결심을 했어요. 엄청 귀여워지기로요.

프래베니 1기를 좋아하는 로봇으로 뽑아 준 그 아이가 어디선가 보고 있을지도 모르니까요."

그동안 제프가 보여 준 말과 행동이 비로소 이해되었다. 녀석은 19년 전, 단 한 명의 어린이에게 받았던 호의를 되새기며 기다리고 있었던 것이다. 고물상에서 제프를 구입하기로 결정한 건 '던전 오브 미믹'에 나오는 원본 인간 제프와 이름이 같아서였다. 이제 보니 로봇 제프도 복제될 수 없고, 흉내 낼 수 없는 단 하나의 원본이었다. 나는 제프의 반질거리는 정수리를 쓰다듬었다.

"네 이야기를 마저 듣길 잘했어."

이제는 제프를 데려오느라 쓴 돈이 전혀 아깝지 않았다. 제프는 므두셀라와 에너지 순환기를 나눠 쓰면서 송다유의 로봇으로 살아갈 터였다. 엄마와 휘은이에게 들킬까 봐 무섭지만 제프는 말귀를 알아듣는 녀석이니까 우린 잘 해낼 수 있으리라 믿었다.

*

5교시에 휘은이가 태블릿 화면을 내 눈앞에 들이밀었다.

"야, 송다유! 너 제프 다시 깨웠지? 유명 맘 카페 회원이 로봇 범죄 신고 게시판에 올린 글이야. 여기 나오는 제프, 그 제프 맞지?"

실명 인증을 하고, 운영진의 승인을 거쳐야만 가입이 되는 맘 카페에 로봇이 들어와서 도배를 하고 다닌다는 내용이었다. 로봇은 태연하게 제 이름까지 밝히며 게시판마다 글을 올리고 다녔다. 어린이를 위해 아기 상어 노래를 부르고 율동을 하는 축하 영상을 보내 줄 수 있으니, 생일을 맞은 자녀를 둔 부모들은 댓글로 신청하라는 글도 있었다. 또 대전시의 온유 햇살 어린이집에 대해 알고 있는 대로 말해 달라는 글을 올리기도 했다. 내 명령대로 제프는 별채 밖으로 한 발짝도 나가지 않았지만 작업실의 컴퓨터를 이용하여 소란을 피우고 있었다.

　　"돌아 버리겠네."

　　탄식이 절로 나왔다. 나는 급히 조퇴를 하고 집으로 달려가서 제프의 전원을 껐다.

　　맘 카페 해킹 사건은 100페눅스 정도의 벌금으로 간단히 끝나지 않았다. 결국 엄마도 제프의 존재를 알게 되었다. 다음 날 엄마는 미성년자인 나 대신 맘 카페에 사과문을 올리고, 카페 운영진이 요구한 10,000페눅스의 배상금을 지급했다. 그리고 경찰에서 제프의 소유주인 나에게 부과한 벌금 5,000페눅스도 대납해 주었다. 경찰에서는 제프의 인터넷 접속을 영구 금지시켰다. 제프가 또다시 인터넷에 접속한 정황이 포착되면 바로 강제 폐기 절차에 들어간다는 것이었다. 나는 제프를 제대로 관리하지 못한 책임으로 경찰서 로봇 범죄 관리과에서 '범죄 이력 로봇 소유주를 위한 로봇 관리 교육'을 받아야 했다.

교육을 마치고 돌아오자 엄마가 별채에 가서 '그것'을 '끌고' 와 보라 했다. 나는 얼른 제프를 깨워서 엄마에게 데려갔다. 엄마는 피곤한 얼굴로 나와 제프를 갈마보며 한숨을 쉬었다.

"네 아빠가 므두셀라를 두고 간다 했을 때 끝까지 반대했어야 하는데. 아빠란 사람은 툭하면 고장 나는 구닥다리 로봇을 이 집에 맡기고 가더니, 그 딸은 므두셀라보다 더한 걸 집에 끌어들였어. 전투 로봇이라니, 기가 막혀."

예상대로 엄마는 제프가 프래베니 1기라는 걸 알아보았다.

"두 사람 다 나한테 너무한단 생각 안 들어? 내가 너랑 네 아빠 뒷감당하는 사람이야? 므두셀라만 해도 그래. 네 아빠랑 연애하던 시절부터 이혼 직전까지, 저 녀석이 계속 따라다니면서 우릴 촬영했단 말이야. 네 할머니에서 네 아빠, 그리고 너한테로 이어지는 연대기에 왜 내 사생활까지 들어가야 하니? 나는 그 연대기의 일부가 되고 싶지 않아."

엄마는 송다유의 엄마니까 당연히 므두셀라가 만드는 연대기의 일부인 줄 알았다. 하지만 엄마는 오래전부터 그 연대기에서 탈출하고 싶었던 것 같았다. 할 말이 없어서 고개만 숙이고 있는데 엄마가 검지 끝으로 제프의 팔뚝을 톡톡 건드렸다.

"므두셀라 하나로도 벅찬데 이젠 나더러 이런 사고뭉치까지 감당하라고? 아빠도 그러더니 너도 맨날 별채에 틀어박혀서 나 모르게 일이나 벌이고."

평소 같으면 아빠랑 묶어서 야단치지 말라고 대들었을 테지만 오늘은 가만있었다. 제프가 내 인생에 등장한 지 며칠밖에 안 됐는데 나는 벌써 어디 극기 훈련에 다녀온 느낌이었다. 내가 엄마 인생에 나타난 지 15년이나 되었다고 생각하니 엄마를 안아 주고 싶어졌다.

"엄마, 므두셀라가 만든 앨범에서 지우고 싶은 거 있으면 다 지워. 앞으론 연대기 같은 것도 그만 찍자. 사진으로 남기고 싶은 순간이 생기면 그때 므두셀라한테 찍어 달라고 하면 되니까. 그리고 제프랑 므두셀라를 어떻게 할지는, 방법을 찾을 테니까 조금만 기다려 줘."

나는 아주 오랜만에 엄마를 꼭 안아 주었다.

제프를 데리고 별채로 돌아왔다. 제프에게는 충전을 하라고 명령한 뒤 책상에 걸터앉았다. 생각은 엄마와 제프, 므두셀라 사이를 분주히 오가는데 몸은 또 무겁게 가라앉는 듯했다. 가끔씩 별채 소파에서 잠을 잘 때가 있었다. 엄마와 나 사이에 해독되지 않은 암호들이 들어찬 것 같아 먹먹해질 때, 반대로 그 암호들이 갑자기 풀리면서 그간 몰랐던 이야기들이 벅차게 들이닥칠 때…….

나는 가방과 옷을 치우고 소파에 몸을 던졌다. 묵은 먼지 냄새가 훅 끼쳐 왔다. 아빠의 체중을 견디지 못해 가운데 부분이 푹 꺼지고 휘은이와 내가 장난을 치다가 라면 국물과 음료수를 쏟은 흔적이 있는 소파였다. 또 므두셀라의 무한궤도 바퀴에 걸려 아래쪽 천이 손바닥 두 개 크기만큼 찢겨 있었다. 이렇게 낡고 오래되었는데 엄마의 흔적은 어디에도 없었다. 별채는 아빠가 쓰던 작업실이었고, 아빠가 떠난 뒤에는 내가 물려받아 썼고, 일주일에 두어 번씩 휘은이가 다녀갔으며, 므두셀라는 나를 찍는다는 핑계로 수시로 드나들었다. 이제는 제프까지 별채에 머물고 있었다.

하지만 엄마는 별채에 들어오는 일이 거의 없었다. 어쩌다 한 번씩 문을 열고 내가 뭐 하는지 들여다보고 가는 정도였다. 나와 아빠, 휘은이와 로봇들을 품어 주는 이 공간이 유독 엄마에게만 어떤 척력을 발휘하는 듯했다. 그렇게 떠밀린 엄마는 어디서 무얼 하며 시간을 보냈을까. 나는 옅은 잠을 헤매다 아침을 맞았다.

눈을 뜨자마자 나를 보고 있는 제프의 얼굴이 보였다. 밤새 나를 지켜본 모양이었다.

"엄마 보러 가자, 제프."

"나를 보면 어머니가 또 기분이 나빠지지 않을까요? 어젯밤처럼요."

"그래도 가야 돼."

나는 제프를 데리고 별채를 빠져나왔다.

출근 준비를 얼추 마친 엄마는 부엌에서 계란프라이와 커피로 식사를 하고 있었다. 나는 제프를 데리고 엄마 맞은편에 자리를 잡았다. 제프의 제품 거래 이력서를 엄마에게 내밀었다. 엄마가 제프의 이력을 훑어보며 물었다.

"그래, 로봇들은 어쩌기로 했니? 둘 다 이 집에 둘 생각은 아니겠지?"

"에너지 순환기 하나를 둘이 나눠 쓸 거야. 일주일은 제프가, 일주일은 므두셀라가 깨어나서 돌아다니는 거지. 대신 별채는 엄마 맘대로 해도 돼."

"뭐? 별채를?"

엄마가 제프의 거래 이력서를 식탁에 내려놓으며 되물었다.

"나 작업실 없어도 돼. 그러니까 별채 부수고 바이오팜 온실을 지어도 좋아. 엄마 예전부터 온실 갖고 싶어 했잖아."

"그건 그렇지만, 넌 어쩌려고?"

"제프랑 밖에 나가서 놀면 돼. 같이 여행도 갈 거야. 제프가 무섭게 생겨서 아무도 나 안 건드릴 거 아니야. 그리고 앞으로는 엄마 신경 쓰지 않게, 로봇들 잘 관리할게."

엄마는 못마땅한 얼굴로 제프를 훑어보고는 물었다.

"넌 대체 이 고물 로봇 어디가 좋니?"

"그게…… 알고 보면 귀여워."

엄마는 콧방귀를 뀌고는 다시 물었다.

"이름은 누가 지었어?"

"내가 지었습니다."

나는 제프가 스스로 대답하도록 두었다. 사실 나도 제프가 왜 제프인지 모르는 터라 녀석의 대답이 기다려졌다.

"19년 전에 나에게 너무나 소중한 뉴스를 전해 준 기자 이름에서 따온 것입니다."

온유 햇살 어린이집 원아들을 대상으로 한 설문 조사 소식을 전해 준 기자 이름이 '제프리 윤'이었다고 했다. 프래베니 1기를 가장 좋아하는 로봇으로 뽑아 준 어린이의 이름을 알 길이 없어서 대신 기자의 이름을 제 이름으로 삼았다는 것이다. 엄마가 이유를 묻자 제프는 검지로 제 머리를 건드렸다.

"누군가가 좋아하는 로봇으로 뽑혔던 날을 오래오래 기억하고 싶었습니다."

엄마는 손을 뻗어 제프의 팔뚝에 있는 글자들을 만져 보았다.

"좋아, 제프. 앞으로 다유 말 잘 듣고, 서로 만나긴 힘들겠지만 므두셀라와도 사이좋게 지내렴. 사고 치지 말라는 말은 따로 안 할게. 어차피 경찰이 개입할 정도의 사고를 한 번만 더 치면 넌 강제 폐기니까."

다정하고도 섬뜩한 말로 엄마는 제프를 받아 주었다.

그날부터 나는 별채의 짐들을 정리했다. 버릴 건 버리고, 필요한 것들은 내 방으로 옮겼다. 늘어난 짐에, 므두셀라와 제프까지 있으니 방이 미어터질 것 같았다. 엄마는 본격적으로 바이오팜 시공 업체를 알아보기 시작했는지 식탁과 서재 책상에는 관련 자료들이 쌓여 갔다.

나는 주말이 되길 기다렸다가 제프와 함께 대전행 버스를 탔다. 제프의 좌석표까지 사느라 차비만으로 일주일 치 용돈이 날아갔다.

"다유 님은 대전시에 가 본 적 있나요?"

"아니. 나도 처음이야."

제프를 만나기 전까지 대전시에 대해 아는 거라곤 우리 집에서는 버스로 두 시간 반, 아빠 집에서는 한 시간이 걸린다는 것, 성심당이라는 아주 오래된 빵집이 있다는 게 전부였다. 하지만 이제는 온유 햇살 어린이집이 있던 도시이며, 19년 전 좋아하는 로봇 설문 조사에서 프래베니 1기에게 한 표를 주었던 아이가 살았던 도시란 걸 안다. 터미널에서 내린 우리는 자율 주행 택시를 타고 온유 햇살 어린이집 주소지로 갔다.

어린이집은 십여 년 전에 문을 닫았고, 지금은 작은 카페와 미용실, 어린이 조립 장난감 가게가 입점해 있었다. 1층 처마에 캐노피가 있고, 작은 정원과 주차장이 딸린 평범한 건물이었다. 하지만 제프는 아주 특별한 광경을 마주한 것처럼 한참이나 건물을 올려다보았다.

"와 보니 어때?"

"데이터로 아는 것과 직접 보는 건 다르군요. 시간이 흐른 게 느껴져요."

나는 잠자코 제프의 말을 들었다.

"프래베니 1기를 좋아한다고 해 준 그 아이 말이에요. 19년 전에 5세에서 7세 사이였으니까 지금은 24세에서 26세 사이겠네요. 19년 전의 설문 조사를 까맣게 잊고 살지도 모르겠어요. 그때 그 아이가 어른이 되었다는 걸 인정해야 할 때가 왔군요. 다유 님, 나 이제 귀엽지 않아도 될 것 같아요."

나는 제프의 손을 잡았다.

"하지만 어딘가에는 프래베니 1기 로봇이 귀여워서 좋다는
사람도 있을 거야."

"정말인가요?"

"확실해."

고양시 낙석동에 사는 열다섯 살 중학생 중에 찾아보면 무
조건 한 명은 있을 것이다.

내가 카페에서 아이스크림을 주문하는 사이, 제프는 캐노피
아래 야외 탁자에 앉아 있었다. 그 모습을 찍어서 휘은이에게
보냈다. 휘은이는 구토 이모티콘과 함께 미래의 로봇 범죄 수
사관으로서 제프를 주시하고 있다는 내용의 답을 보내왔다.

제프는 온유 햇살 어린이집이 있던 동네에 더 머물고 싶은
눈치였지만, 우리는 서둘러 집으로 돌아가야 했다. 밤에 므두
셀라를 깨우기로 한 날이었기 때문이다.

"집에 가면 넌 일주일 동안 잠을 자야 해. 알지?"

돌아가는 버스 안에서 제프에게 물었다.

"그럼요. 므두셀라에게 인사 전해 줘요. 석양에 내 몸이 반
짝거릴 때 사진 몇 장만 찍어 달라고도 전해 주고요. 프래베니
1기들의 몸은 그때가 제일 근사하거든요."

버스 차창으로 들어온 노을빛에 제프의 어깨가 눈이 부시게
빛났다. 나는 그 어깨에 뺨을 대고 잠을 청했다.

　누군가의 일방적인 희생으로 끝나지 않고 쌍방 구원으로 이어지는 돌봄에 대해 쓰고 싶었다. 그래서 돌봄이라는 노동을 매개로 서로를 구원할 '존재들'부터 찾으려고 했다.

　가장 먼저 떠올린 건 하나의 세계가 막을 내린 뒤에 혼자 남겨진 존재들이었다. 학교를 떠나는 청소년, 난민, 자립 준비 청년, 부상으로 운동을 그만둔 선수……. 그들의 고민을 담아 은퇴 로봇 제프라는 캐릭터를 만들었다. 그다음으로는 삶의 확장에 무심한, 자기 세계에 고립된 존재들을 생각했다. 사회적 관계 맺기를 거부하는 직장인부터 은둔형 외톨이까지, 다양한 사연들을 별채 작업실이 세상의 전부인 청소년 다유의 캐릭터에 담았다.

　제프와 다유가 만나는 순간부터 이야기는 절로 굴러갔다. 다유는 제프에게 다른 세계의 존재 가능성을 알려 주고 그 세계까지 동행해 주었으며, 제프는 다유를 작업실 바깥의 경험 세계로 데려갔다. 제프와 다유가 둘만의 첫 여행을 마치고 돌아오는 장면을 쓸 때쯤, 돌봄이란 두려움을 이겨 내도록 돕는 일이라는 걸 알았다.

　귀여워지기로 작정하고 애쓰지 않아도 그 자체로 귀여운 독자님들께도 즐거운 여행이자 두려움을 넘어서는 돌봄의 시간이 되었길 바란다.

최영희

가방처럼

황보나

황
보
나

『네임 스티커』로 제14회 문학동네청소년문학상 대상을
수상했다.

엄마는 마치 오늘 저녁 메뉴에 대해 말하는 것처럼 내게 물었다.

"방학 동안만 외할머니 집에 가 있을래?"

나는 엄마의 얼굴을 좀 오래 바라봤다. 표정을 읽기가 어려워서 더 그랬다. 엄마는 언제나 이런 식이었다. 중요한 일을 대수롭지 않다는 듯 다뤘고, 사소한 일은 대단한 것처럼 대했다. 그게 장점인지 단점인지 모르겠다. 다만 내가 확실하게 말할 수 있는 건 엄마의 그 어떤 부분도 닮고 싶지 않다는 거다.

"그렇게 빤히 쳐다보지 말고."

요즘 부쩍 엄마는 내 눈길을 못 견뎌 했다. 나는 시선을 식탁 모서리로 떨어뜨렸다. 내가 져 주는 거다. 엄마와 아빠의 불화가 처음 있는 일도 아니고, 내 잘못도 아닌데 왜 맨날 내가 눈을 피해야 하는지 모르겠지만.

"수현이랑은 최근에 언제 연락했어?"

엄마가 손끝으로 관자놀이를 짚으며 물었다.

수현이와 나는 어린이집을 같이 다녔다……고 한다. 사실
수현이두 그렇고, 나도 그렇고 어린이집 시절을 잘 기억하지
못했다. 거의 10년 가까이 지났으니 그럴 만도 하다. 우리의 그
시간은 어른들의 말로 대신 기억되곤 했다. 가족들까지 서로
다 아는 친구는 수현이네 집에서 내가 유일했고, 우리 집도 마
찬가지였다. 남아 있는 사진들이 기억의 빈칸을 메꿔 주었다.

나는 당시 난생처음 하는 공동체 생활에 적응을 어려워했다
고 한다. 그런 나를 수현이가 마치 인생 선배라도 되는 양 거
두어 줬단다. 사실 수현이도 집단생활은 태어나서 처음이었을
텐데. 12월생인 수현이는 이른 봄에 태어난 나보다 체구가 훨
씬 작았음에도, 여럿이 하는 놀이가 있으면 꼭 내 손을 붙들고
가서, '희연이도 같이 해. 안 그럼 나도 안 할 거야.' 하며 당찬
공세를 펼쳤다.

반면 덜렁대기로 유명했던 수현이. 수현이가 흘린 크레파스,
깜박한 가방, 빠뜨린 명찰 같은 것을 들고서 '수현아, 이거.' 하
고 챙기는 아이는 늘 나였다고, 어른들은 말했다.

"……일주일 전인가."

수현이와 일주일 전에 연락을 했던가. 정확하지 않지만 대
충 둘러댔다.

"그래. 별일 없는 거지?"

"응."

수현이가 이틀 전에 뉴스에 나왔다. 학교 교실에 불을 질렀다고 했다. 수현이의 얼굴도 수현이라는 이름도 모두 얼버무리듯 가려졌지만 이 동네에서는 수현이라는 걸 모르는 이가 없었다. 다행히 다친 사람은 없었지만, 다른 누구도 아닌 수현이의 손에서 불이 시작되었다는 건 충격 그 자체였다.

수현이와 나는 같은 어린이집을 졸업했으나 다른 초등학교에 들어갔고, 중학교도 달랐다. 학교가 달라졌으니 멀어질 만도 했지만 우리는 그러지 않았다. 매일 연락하거나 매번 붙어 다니지는 않아도 마주치면 반갑게 인사했고, 오랜만에 만나도 어제 만난 것처럼 하나도 어색하지 않았다.

"야, 최희연!"

"어이, 한수현!"

최근에는 2주 정도 전에 만났던 것 같다. 누가 먼저랄 것도 없이 버스 정류장 벤치에 앉은 우리였다.

"하, 나 오늘 처음 입 열고 말하는 거 있지?"

"혼자 있었어?"

"혼자는 무슨. 집에 엄마랑 아빠랑 다 있어. 둘이 또 난리 나서 지금 우리 집에서 말하는 사람이 한 명도 없다."

주말이었다. 그즈음 냉랭하다 못해 금방이라도 와장창 깨질 것만 같은 집안 기류가 아직도 진저리를 낼 만큼 생생했다.

"그럼 의사소통은 어떻게 해?"

"내 말이. 그래도 꼴에 가족이라고 분위기로 다 되긴 하더라. 밥 먹을 분위기면 밥 먹고, 잘 분위기면 각자 자고, 누가 화장실 쓸 분위기면 난 좀 있다가 씻으러 들어가는 식이고. 그런 거지 뭐. 하, 답답해."

내가 한숨을 쉬자 수현이도 숨을 몰아쉬었다.

"후, 나도 갑갑하다."

"그러니까."

그러고 보니 그날 수현이는 자신도 갑갑하다고 말했다. 나는 수현이의 그 말을 그저 내 상황에 본인도 공감한다는 단순한 동의로 이해했다. 간단한 맞장구가…… 아니었던 거 아닐까. 수현이도 답답한 무언가가 있어서 내게 털어놓고 싶었던 게 아닐까. 자기도 갑갑하다던 수현이에게 나는 별다른 말을 물어보지 않았다.

"학원 가냐?"

"응."

"그래, 잘 가라."

"응, 너도."

우리는 늘 그렇듯이 각자 바쁜 용무가 있는 사람들처럼 헤어졌고, 수현이와 긴 대화를 나누지는 않았지만 어떤 말을 털어놓았다는 것만으로도 꽉 막힌 속의 가장자리가 다소 녹진해지는 기분이었다.

"내일 터미널까지 데려다줄게. 도착하면 외삼촌이 나와 있을 거야."

엄마가 말했다.

"내일 언제?"

"일어나자마자. 그러니까 지금 짐 싸."

"응."

엄마는 항상 답이 정해져 있었다. 내 의견을 물어볼 때조차, 사실은 마음속에 내가 해야 할 답이 예정되어 있는 경우가 태반이었다. 엄마와 아빠는 서로에게 자주 으르렁거렸고 내가 초등학교 저학년 때에도 이혼 직전까지 다녀온 적이 있다. 그때도 나는 친척 집에 잠시 머물렀는데…… 이번에는 그 문턱을 넘어가게 되는 걸까.

부부 심리 상담이라는 걸 받고 온 후부터 아빠와 엄마는 내 앞에서는 거의 싸우지 않았다. 하지만 내가 없는 곳에서 격하게 다투는 모양이었고, 그 여파는 굳이 말로 설명하지 않아도 고스란히 전해졌다. 내가 똑똑하지 않은 건 맞지만, 그런 것까지 모를 정도로 바보는 아니었다. 다만 최선을 다해 모른 척할 뿐이지.

"할머니 요즘 돌봄 센터 다니셔. 되게 일찍 갔다가 점심 먹고 오후 늦게 오신다니까 너는 신경 쓸 거 없이 평소처럼 인강

들고, 할머니 집 근처에 괜찮은 학원 있으면 등록해도 되고. 한 달 정도만. 알았지?"

"어."

나는 여행용 가방에 짐을 욱여넣으며 건성으로 대답했다.

다음 날 아침, 용기 내어 엄마에게 물어봤다.

"아빠랑 사이 안 좋아져서 내가 할머니 집으로 가는 거야?"

"그런 것만은 아니야."

엄마의 목소리가 평소보다 큰 걸 보니 그런 게 맞았다. 마음이 어둑해졌다.

"수현이 일도 아직 정리가 안 된 것 같고……."

요 며칠 수현이에 대해 묻는 전화가 오는 낌새였다. 방송국인지 신문사인지, 엄마는 그 연락이 내게 닿지 않도록 고군분투하고 있었다. 꼭 그러지 않아도 나는 어차피 할 말이 별로 없었다. 수현이에 대해 아는 게 없다는 생각이 들자 목덜미가 약간 홧홧해졌다.

"외삼촌 만나면 문자 하고."

"응."

"이틀에 한 번 전화할게. 매일 하는 건 너도 싫잖아."

"알겠어."

그렇게 엄마와 헤어졌다. 고속버스가 출발하자 아빠에게서도 전화가 왔다. 밥 잘 챙겨 먹고, 용돈 조로 체크 카드에 돈을 넣어 놓았으며, 어쨌든 미안하다는 그런 간질간질한 내용이었다. 이럴 때 보면 엄마보다 아빠가 한결 감성적이었다. 여하간 둘은 진짜로 성격이 안 맞았다. 하나부터 열까지 상극인 둘이서 20년을 같이 산 것만으로도 기적 같은 일이었다. 이제 와서 갈라선들 그리 놀랍지 않다. 나는 이런 식으로 불뚝거리는 내 마음을 다독였다.

"희연이 완전 많이 컸네!"
외삼촌이 나를 보며 두 팔을 흔들었다.
"안녕하세요."
"못 알아볼 뻔했네. 근데 눈이랑 코랑 입은 어릴 때랑 똑같다! 가방은 내가 들게. 이리 줘."
버스에서 내리 잤던 나는 외삼촌에게 트렁크를 건네 드린 다음 헝클어진 머리를 다시 묶었다.
"엄마한테 이야기 들었겠지만 할머니는 집에 잘 안 계시니까 희연이가 그렇게 불편하지는 않을 거야. 내가 일주일에 두 번씩 청소하러 가니까 걱정하지 말고. 필요한 거 있으면 바로 말하고. 알겠지?"
내가 진짜 많이 컸다면, 외삼촌은 진짜 많이 늙어 보였다. 내가 태어나기 전에 돌아가신 외할아버지의 얼굴을 본 적은 없지만, 어디 가서 외삼촌이 아니라 할아버지라고 해도 믿을 정도였다.

"여기야."

터미널에서 멀지 않은 연립 주택 1층이었다. 그리 넓지도 않고 좁지도 않은 집이었다. 방이 두 개였는데 할머니가 안쪽 큰방을 쓰고, 나는 현관문 바로 옆에 딸린 작은 방을 사용하면 되었다.

"무슨 일 있으면 문자 남겨. 삼촌이 회사에서 전화는 잘 못 받거든."

"네."

"할머니 알아서 잘 생활하시니까 너무 걱정하지 말고. 저녁도 직접 차려 드시니까."

"네."

외삼촌과의 대화가 왜 이렇게 어색한지 모르겠다.

"밑반찬은 내가 다 공수하고 있고. 희연이 혹시 좋아하는 반찬 있니?"

"아니에요. 괜찮아요."

"그래. 그래도 희연이가 와서 삼촌이 얼마나 안심이 되는지 모르겠어."

"……."

"할머니 혼자 계시는 게 은근히 마음 쓰였거든. 아무리 가까이 살아도 말이야."

혼잣말 같은 삼촌의 중얼거림에 뭐라 대꾸해야 좋을지 몰라서 잠자코 있었다. 삼촌은 달음질을 하듯 할머니 집을 서둘러 빠져나갔다.

엄마와 외삼촌의 말처럼, 할머니는 이른 아침에 나갔다가 늦은 오후에 돌아왔다. 하얀색 승합차가 할머니를 태우러 왔고 승하차를 도와주는 어른도 따로 있었다. 그 모습은 마치 나의 어린 시절 같았다. 내 주변에 나만큼 학원을 많이 다니는 아이는 없었고, 나는 다양한 학원을 전전하다가 녹초가 되어 집으로 오곤 했다.

"손녀시구나."

승합차에서 내리는 할머니의 지팡이를 챙겨 주던 돌봄 센터 직원과 마주친 적이 있다. 모르는 척 지나칠 수 있었는데 할머니가 내 이름을 부르는 바람에 인사를 하게 되었다.

"안녕하세요."

"어머, 어르신이랑 똑 닮았네."

듣기 싫은 말이었다. 엄마랑 할머니가 닮았기 때문에 괜히 내가 엄마와도 닮았다는 말로 연결이 되어 더욱 그랬다. 할머니의 티셔츠에 길게 묻은 검붉은 양념을 보니 애꿎게 화가 치밀었다. 나는 할머니와 내가 닮지 않았다고 믿기로 했다. 할머니와 다른 걸음걸이로 걸으려 노력하며 할머니의 보폭에 맞추어 현관문까지 갔다.

"밥은?"

할머니가 내게 가장 많이 하는 말은 '희연아.' 하고 나를 부르는 것이 아니었다. '밥은?'이란 말이었다.

"먹었어."

같이 먹자는 얘기를 듣기 싫어서 늘 먹었다고 대답했다. 할머니에게는 배가 부르다는 말도 통하지 않았고, 입맛이 없다는 말도 먹히지 않았다. 때가 되면 반드시, 기필코, 무슨 일이 있더라도 먹어 줘야 하는 게 밥이었다. 먹었다고 하면 그나마 더 이상 강요는 하지 않았다. 아무리 배가 고파도 할머니랑 함께 밥을 먹기는 꺼려졌다. 할머니의 모든 것은, 뭐랄까 좀 더러웠으니까.

"밥은?"

왜 저렇게 집착하는 걸까, 싶을 정도로 할머니는 밥을 강조했다. 한 끼 건너뛴다고 해서 죽는 것도 아닌데. 내가 먹었다고 했는데도 잠깐 있다가 또 같은 말을 묻기 일쑤였다.

"먹었어."

싱크대 서랍에서 발견한 약봉지 뭉텅이에 '정신과, 오선이'라고 적힌 걸 보고 마침 전화를 건 엄마에게 묻자 치매라는 답이 돌아왔다. 그제야 밥에 대해 반복적으로 묻던 할머니의 대화 패턴에 납득이 갔다.

"할머니가 힘들게 하니?"

엄마가 물었다.

"아니. 그냥 똑같은 말을 할 때가 많으니까."

"그러면 대꾸하지 않아도 돼."

그럴 생각은 없었는데. 아무리 그래도 묻는 말에 대답하지 않는 건 좀 너무하다는 생각이 들었다.

"알아서 할게."

"돈 필요하면 말하고."

"응."

"인강 잘 듣고 있지?"

"응. 끊을게."

"잠깐만, 희연아!"

엄마가 다급하게 나를 붙잡았다.

"응?"

"저기, 수현이한테 연락하지 말고."

엄마가 망설이듯 덧붙였다.

"연락받지도 말고."

"왜?"

"혹시 모르니까."

뭐가 혹시인 걸까.

"알겠어."

"그래."

엄마의 한숨과 함께 통화가 끝났다. 휴대폰을 대고 있던 귓바퀴에 불쾌감이 맴돌았다.

할머니 집에서 지내는 동안 수현이에 대해 여러 차례 생각했다. 양말을 신다가도, 치약을 짜다가도, 머리를 빗다가도, 수현이가 떠올랐다. 인터넷 속의 사람들은 수현이가 굉장히 별나고 또 두려워해 마땅할 아이인 것처럼 말을 얹었고, 사실과 다른 글자들을 읽다 보면 지독하게 피곤해지곤 했다.

나는 수현이가 무섭지 않았다. 짧게나마 이야기를 나누었던 시간들 속에서 수현이가 내게 보낸 어떤 시그널을 알아채 주지 못한 것 같아 마음이 무거울 따름이었다. 아주 어린 시절에 나를 돌봐 주었다는 수현이에게 나는 고작해야 소지품들을 챙겨 주었을 뿐, 수현이를 위해서 뭔가 제대로 한 게 없다는 사실에 울적함이 몰려왔다.

엄마의 말대로 나는 수현이에게 연락하지 않았다. 수현이에게서도 기별이 오지 않았다. 그렇지만 나는 조만간 내가 먼저 수현이에게 연락을 할 거라고 생각했다. 그건 일종의 다짐이었다.

아무래도 할머니는 집이 아닌 곳에서는 신경이 바짝 곤두선 채로 지내다가 집에 와서 긴장을 와르르 푸는 것 같았다. 어떻게 아느냐면, 내가 바로 그랬기 때문이다. 딱딱하게 경직된 가면을 쓴 채로 학원 순례를 다닌 후, 집에 와서야 스르르 본래의 나로 돌아왔다. 거실 바닥에 온전히 두 발을 디디고 나서야 내내 용변을 참았다는 것이 생각나 바지를 내리거나 치마를 올리며 화장실로 뛰어 들어가 변기에 앉곤 했다.

할머니도 비슷했다. 드문드문 하얗게 센 음부를 버젓이 보이며 화장실로 헐레벌떡 들어갔다. 불은 절대로 켜지 않고 문을 활짝 연 채로 소피를 보았다. 어두컴컴한 곳에서 들리는 힘없는 소변 줄기 소리는 내 마음을 불편하게 만들었다. 내가 화장실 전등 스위치를 올리면, 변기 물도 내리지 않고 나와서 다시 스위치를 탁, 꺼 버렸다.

"금방 나오는데 웬 낭비냐."

할머니가 만진 스위치에는 물기가 찔끔 묻어 있었는데 할머니의 소변일 확률이 높았다. 그 후로 나는 손가락이 아닌 팔꿈치로 화장실 불을 켜고 껐다. 손가락이든 팔꿈치든 내 몸의 일부인 건 매한가지였지만, 어쩐지 손으로는 만지기가 싫었다.

외삼촌은 화요일이랑 금요일에만 왔다. 주로 하는 일은 쓰레기 버리기였고, 핸디 청소기로 할머니의 이부자리를 정돈하거나 기다란 솔로 변기를 문지르기도 했다. 할머니 집에 온 지 나흘 후부터 나는 편의점 식품과 배달 음식을 즐기기 시작했다. 처음에는 쓰레기를 들고 나가서 공중화장실이나 근처 공공 도서관 쓰레기통에 버리곤 했는데 점점 귀찮아졌다. 현관 구석에 그것들을 봉지로 싸 놓으면 삼촌은 별소리 없이 대신 버려 주었다. 왜 이렇게 배달을 많이 시키는지 따위의 지청구를 하지 않아서 편했다.

배달 음식을 많이 먹는 이유는 혼자 나가서 밥 먹기는 귀찮고 할머니랑 같이 먹기도 싫었기 때문이다. 힐머니 집의 모든 수저는 늘 무언가가 말라붙어 있어 비위생적이었고, 할머니는 반찬 전부를 색깔로만 구분했다. 붉은 계통이면 무말랭이든, 깍두기든, 배추김치든, 진미채 볶음이든 죄다 하나로 섞었다. 조끔 남은 반찬들은 모두 모아 놔야 직성이 풀리는 듯했다. 반찬 국물 한 방울도 아깝다는 듯 합쳐 버렸다. 냉장고를 열어 보면 죄다 음식 쓰레기 같았지만, 나는 아무 말도 하지 않았다. 다만 할머니와 절대로 밥을 먹지 않겠다고 다시금 다짐할 뿐이었다.

밥솥을 들여다보면 질게 지어진 밥알들이 둥글게 뭉쳐 있었다. 대체 어떤 방식으로 밥을 안치고 담으면 저렇게 꼴 보기 싫은 모양이 남는지 상상조차 되지 않았다. 그래도 할머니는 매끼 식사 후 스스로 설거지를 다 하긴 했다. 제대로 하지 않아 얼룩과 양념이 군데군데 묻어 있긴 하지만 깜빡한 적은 없었다. 나는 닫힌 방문 너머로 할머니가 그릇을 씻는 소리를 들으며 배달 어플을 열었고, 초인종을 누르지 않고 문 앞에 두고 가 달라는 요청 사항을 꼼꼼히 확인했다.

외삼촌이 혼자 오는 줄로만 알았는데, 알고 보니 외숙모도 동행하고 있었다. 다만 외숙모는 운전석에서 내리지 않고 휴대폰만 볼 따름이었다. 외삼촌과 외숙모도 우리 엄마와 아빠처럼 사이가 별로인 걸까. 아니지, 사이가 좋지 않으면 외삼촌이 아무리 운전 공포증이 있다고 해도 매번 이렇게 태워다 주지는 않을 것이다. 그러면 외숙모와 할머니의 사이만 좀 그런 걸까.

삼촌이 묵묵히 집 안을 치워 줄수록 나는 조금씩 함부로 집을 사용하기 시작했다. 청소 노동 강도가 높아졌을 텐데 삼촌은 별말을 하지 않았다. 자신이 할머니를 제대로 돌보지 못하고 있다는 죄책감 때문이었을까. 그러거나 말거나였다. 내게 잔소리 불똥만 튀지 않으면 하등 상관이 없었다. 그 대신 나도 할머니로 인한 애로 사항을 삼촌에게 호소하지 않았다. 이를테면 더운 계절인데도 보일러가 내내 가동되는 일이나 스니커즈에 대한 일.

나는 뒤축이 없어 슬리퍼처럼 발을 꿸 수 있는 스니커즈를 신었는데 할머니는 내 운동화를 애먼 곳에 갖다 두곤 했다. 무슨 보물찾기 놀이도 아니고 대중없이 거실 구석구석에 숨기는가 싶더니, 그저께부터는 식탁 아래에 일자로 엎어 두었다. 굵은 식탁 다리에 가려져 잘 보이지도 않게 꽁꽁 감춰 두었다. 하도 어이가 없어 짜증이 나지도 않았다.

나는 할머니의 쪼글쪼글한 발이 들어갔던 욕실화에 내 발을 넣기 싫어서 화장실에도 스니커즈를 들고 가 신었다. 할머니는 변기 중간 덮개에 오줌 방울이나 대변일 게 분명한 적갈색 오물을 묻혀 두기 일쑤였고, 허벅지에 힘을 꽉 준 상태로 엉덩이를 살짝 떼고 볼일을 보는 것도 지겨웠다. 그러다 묘안이 떠올랐다. 신발을 신은 채로 변기에 올라가 쪼그려 앉는 것이다. 중심 잡기만 주의하면 훨씬 깨끗하게 용변을 볼 수 있었다. 오직 나만 깨끗하고 변기는 지저분해지기 십상이었지만 어차피 할머니도 추잡하게 쓰는 데다 불도 켜지 않는 화장실의 청결을 할머니가 알아챌 리 없었다. 더군다나 며칠만 버티면 외삼촌이 와서 청소해 줄 테니 더욱 거리끼지 않았다.

방에서 인강을 듣거나 게임을 하다가 낮잠을 자고 나면 할머니가 돌봄 센터에서 돌아오는 시간이 되었다.

"밥은?"

먹었다고 대답하고 동네를 어슬렁어슬렁 한 바퀴 걷다가 들어오는 게 일과였다. 할머니의 쩝쩝거리는 소리가 듣기 싫어서 시작한 외출인데, 그즈음 바람 냄새가 좋아져서 비가 오지 않으면 날마다 밖으로 나갔다. 돌아올 무렵이면 할머니는 굽은 등을 더 구부린 채로 설거지를 하고 있었다. 나는 점심 메뉴와 겹치지 않게 배달시켜 먹을 음식을 신중하게 골랐다. 주문이 도착했다는 알림이 뜨면 살금살금 나가서 들고 온 다음 방 안에서 혼자 먹었다. 남는 것은 그대로 봉지에 싸서 현관참에 두었다. 할머니는 그게 뭔지 궁금해하지 않았고, 삼촌은 별다른 말 없이 치워 주었다. 평온하고 심심한 나날이 그렇게 흘러갔다.

아빠에게서 전화가 왔다.

"우리 희연이, 잘 지내고 있어?"

"응, 아빠는?"

아빠는 회사에서 있었던 일을 종알종알 떠들어 댔다. 중간 중간 내 안부를 재차 확인하면서 즐겁게 이야기를 나누었다.

"엄마랑은 연락 자주 해?"

아빠는 보름 만에 처음 전화를 걸었지만, 엄마와는 일주일에 서너 번꼴로 통화를 했다. 내게 엄마의 연락 빈도를 물어보다니. 아직도 둘이 어지간히 말을 섞지 않는 모양이었다.

"응."

전화를 수시로 하는 엄마보다 아빠가 더 낫다. 곧잘 무뚝뚝한 엄마보다 가끔 상냥한 아빠가 더 포근하다.

"친구 없어서 심심하진 않고?"

"괜찮아."

친구라는 단어에 또 수현이가 떠올랐고 갑자기 수현이의 목소리가 몹시 그리웠다.

"잘 지내고 있어. 금방 데리러 갈게."

"금방 언제?"

"다음 주 정도? 아무튼 우리 희연이 보고 싶구나."

"나도."

그래서 엄마랑 화해는 했느냐는 말은 끝끝내 묻지 못했다. 무엇 때문에 싸웠는지는 별로 중요하지 않았다. 나의 바람은 오직 하나였다. 그냥 지금부터라도 둘이 사이좋게 지내면 좋겠다.

수현이의 통화 연결음은 그대로였다.
"여보세요?"
목소리도 똑같았다. 하긴 수현이는 수현이니 변할 리 없지.
"뭐 하냐?"
"전화하는데?"
"재밌냐?"
시답지 않은 말을 주고받았다.
"어디 갔어?"
"어떻게 알았어?"
"원래 이쯤이면 어디선가 마주쳐야 하는데 안 보이니까."
"외할머니 집."
"할머니랑 친해?"
"어? 아닌 듯?"
나는 할머니가 싫지는 않았지만 좋지도 않았다. 아무튼 친하지 않은 건 분명했다.
"그럼 왜?"
"집안 사정."
"할머니 집이 어딘데?"
나는 할머니 동네를 말하고는 무심코 덧붙였다.

"올래?"

"지금 가도 되냐?"

"자고 가는 건 안 되고."

"자고 갈 생각은 없었거든."

무료하던 참이었다. 아무 일도 없었던 듯한 수현이의 목소리를 들으니 모든 게 괜찮을 것 같기도 했다.

수현이에게 전화가 와서 터미널에 도착했다는 줄 알았는데 아니었다.

"나 그냥 안 갈래."

"왜?"

수현이는 만사가 귀찮아졌다고 했지만, 그게 진짜 이유는 아닐 듯했다.

"혹시 우리 엄마가 뭐라 그랬어?"

이따금씩 엄마는 나의 뒤에서 통제력을 펼치곤 했다. 내가 모르리라고 생각했지만 나는 다 알고 있었다. 엄마는 그게 나에 대한 사랑이라고 믿는 듯했으나 나는 엄마의 그런 점이 못 견디게 싫었다.

"어?"

수화기 너머 수현이가 당황했다. 하도 어릴 때부터 친구라 전화번호도 공유하고 있으니 엄마가 연락을 할 법도 하다. 행여나 나와 만나지 않도록 조심해 달라고 한 모양이었다. 타이밍도 참, 운이 없었다.

"어차피 나 다음 주면 다시 집으로 가니까 그때 만나자."

"그래."

　

원래 아침잠이 없는 할머니인데 오늘따라 아방에서 늦잠을 자고 있었다. 식탁 위에는 어제저녁 먹은 그릇들이 그대로였다. 할머니의 승하차를 돕던 돌봄 센터 직원이 집까지 와서 문을 쾅쾅 두드렸다.

"할머니! 오선이 할머니!"

"네."

시끄러워서 현관문을 열었다.

"할머니는요?"

"잠시만요."

나는 누운 할머니를 살짝 흔들었다.

"할머니, 돌봄 센터 안 가?"

할머니는 어딘가 고단해 보였다.

"오늘은 쉴란다."

할머니의 말을 직원에게 전하자 삼촌도 알고 있느냐고 되물었다.

"삼촌한테는 제가 말할게요."

"그래요."

삼촌에게 문자를 보내 놓고, 근처 편의점에 다녀오기로 했

다. 푸슬푸슬 비가 내리고 있었지만 여러모로 속이 꽉 막힌 듯
해서 탄산음료 한 모금이 시급했다. 부엌 전등 아래에서 파리
한 마리가 춤을 췄지만 내버려두었다.

콜라를 마시며 들어오는데 아까 내가 흔들었던 자세 그대로
누워 있는 할머니의 뒷모습이 보였다.

"할머니, 어디 아파?"

할머니는 옅은 숨소리만 내며 대답을 하지 못했다. 미세하
게 오르락내리락하는 쇄골의 움직임이 마음에 걸려서 삼촌에
게 또 문자를 남겼다. 저녁에 들르겠다는 답장이 왔다.

정오 무렵에 도착한 삼촌이 이마에 번들거리는 땀을 닦으며
할머니를 찾았다.

"어, 희연아. 할머니는?"

나는 할머니 방을 가리켰다. 삼촌이 할머니의 얼굴을 자세
히 보더니 병원으로 가는 게 좋을 것 같다고 했다. 일을 하는
데 자꾸만 펜이 떨어졌고, 아무래도 불길해서 뛰어왔다는 말
을 덧붙였다. 병원에 가기 전에 할머니의 숨이 멎었다.

장례식장에서 내가 가장 많이 들은 말은 고맙다는 말이었
다. 나로 인해 할머니의 임종을 지킬 수 있었다나 뭐라나. 외삼
촌, 외숙모, 엄마, 아빠, 이름 모를 친척들까지 다들 같은 말을
연거푸 하며 내 등을 쓸어내렸다. 그게 그렇게 뜻깊은 건가. 어
떠한 순간에 같이 있는 게 그렇게 중요하다면 평소에 밥을 같

이 먹어 줬어야지. 나는 괜한 울분이 차올랐는데 누구를 향한 건지 헷갈렸다. 엄마와 아빠는 조문객이 올 때마다 나란히 서서 인사했다. 엄마는 많이 울면서 아빠에게 머리를 기대곤 했다. 나는 할머니의 사진을 보면서도 수현이 생각을 했다.

카페 창가 자리에 마주 앉은 수현이는 전과 조금 달라진 얼굴이었다. 눈꼬리가 좀 매서워졌달까, 공허해졌달까. 그런 느낌으로 슬쩍 바뀌었다.

"너는 나한테 왜 그랬느냐고 왜 안 물어봐?"

사실은 진짜 궁금했다. 그렇지만 내가 아니어도 수현이의 행동에 대해 물어볼 사람은 엄청 많아 보였다. 나까지 보태고 싶지는 않았다.

"그냥."

"내가 너무 갖고 싶은 게 있었거든. 뭐라 그럴까, 그러니까 예를 들면 가방 같은 거 말이야. 근데 나로서는 도저히 가질 수가 없는 거야. 그래서 그거를 아예 없는 것처럼 취급하며 지내야겠다고 생각했어."

그거랑 불을 지르는 거랑 무슨 상관일까. 수현이는 먼 도시로 전학을 갈 예정이라고 했다.

"괜찮겠어?"

"괜찮겠지."

스무디를 마시며 대답하는 수현이의 얼굴이 지나치게 담담

해서 괜스레 신경이 쓰였다.

"근데 가방이 뭔데? 명품 가방이라도 돼?"

"그런 거지."

"사람 같은 거야?"

"그럴지도."

"나인가."

웃자고 한 농담이었는데, 수현이의 입가는 움직이지 않았다.

"아니야. 너는 음…… 비싸지는 않지만 좋은 가방?"

"그게 뭐야. 좋은 게 비싼 거 아니야?"

"좀 달라."

"나 원 참."

우리는 창밖으로 지나가는 행인들의 움직임을 멍하니 바라보았다.

"암튼 나도 가방이라는 거지?"

내가 물었다. 수현이가 고개를 주억거렸다.

"그럼 한수현 너도 가방 해. 내가 진짜 가방이고 너도 진짜 가방이라면 너 나중에 힘들 때 가방 안에 숨어."

"가방?"

"응. 내가 숨겨 준다는 말이야."

"그래, 뭐."

"그 대신 내가 힘들면 나 좀 들어 줘."

"가방을 들 듯이?"

"응. 내가 덜 힘들게 나를 잠시만 들어 줘."

"그래."

"진짜지?"

"그래, 뭐 진짜다!"

호쾌한 수현이의 대답이 마음에 들이 숨결마냐 잔웃음이 묻어났다. 나는 수현이를 닮은 가방을 상상해 봤다. 질긴 가죽으로 만들어진 네모나고 튼튼한 가방이었다. 내부에 수납공간이 넉넉해 어디든 든든하게 들고 갈 수 있는 가방.

할머니 집에 노트북 충전기를 두고 왔다. 새로 사는 것보다 왕복 버스비가 더 저렴해서 하루 시간을 내어 다녀오기로 했다. 도어 록 비밀번호가 바뀌었으면 삼촌에게 연락하려고 했는데 쉬이 열렸다. 집 안은 그날, 그러니까 할머니가 삼촌 곁에 누워 돌아가신 날 그대로의 모습이었다.

변기 중간 덮개에는 노랗게 마른 오줌 방울 흔적 위로 내 스니커즈 밑창 자국이 선명히 찍혀 있었다. 충전기를 챙겨 나오는데 식탁 위를 서성이는 파리가 몇 마리 늘어나 있었다. 말라비틀어진 반찬들 사이에는 밥공기가 둘이었다. 할머니가 늘 앉는 자리에 하나, 그리고 그 맞은편에 하나. 노상 밥통에 있던 둥근 모양 밥 뭉치가 내 몫의 밥그릇을 채웠다가 도로 넣은 것인 줄 미처 몰랐다. 기분이 이상했다. 빈집에서 쓸데없이 돌아가고 있는 보일러를 끄고 거실을 지나는데 마룻바닥의 어느 부분은 더 따뜻하고 또 어느 부분은 덜 따뜻했다. 나는 할머니가 내 신발을 숨겨 두었던 곳을 더듬듯 찾아보았다. 그곳의 온기가 유난히 따스했다. 할머니는 내 발이 시리지 않도록 신발을 데워 주고 있었다.

사람들은 내가 할머니를 돌본 덕이라고, 고맙다고들 했지만 사실은 할머니가 내내 나를 돌보고 있었다는 걸 뒤늦게 알아 버렸다. 자꾸만 부아가 치밀었고 아무래도 이 가칫한 감정 덩어리는 부끄러움이나 미안함의 질감이었다.

휴대폰과 카드 지갑만 달랑 들고 온 나는, 노트북 충전기를 어디에 넣어 갈까 고민하다가 할머니의 가방 하나를 가져가기로 했다. 풀잎이 자수로 도톰하게 새겨진 할머니의 작은 가방에는 생각보다 많은 것이 들어갔다.

홀로 자취를 하다가 문득 외할머니와 단둘이 사는 시간이 생겼습니다. 7년 가량 할머니와 지내며 할머니의 세계를 가장 가까이에서 지켜볼 수 있었습니다. 따로 또 같이 생활하며 각자의 방식으로 나누던 온기를 되새기면 마음의 수면이 묘하게 일렁이는 것 같습니다.

엄마와 이모는 점점 많은 것이 헷갈리고 흐려지는 할머니의 변화를 속상해했지만 저는 속상함보다는 무심함과 귀여움이 더 컸습니다. 아마도 제게는 할머니의 총명함을 되새길 수 있는 기억이 상대적으로 적었기 때문인지도 모르겠습니다.

전쟁 때의 이야기를 들려달라고 하자, 하늘에서 죽 끓는 소리가 났다던 할머니의 표현을 기억합니다. 전투기들이 바글거렸던 하늘의 소리에 대한 표현이 인상적이었고, 형용의 한계를 느낄 때마다 할머니의 표현을 되짚을 때가 가끔 있습니다. 전쟁을 겪으며 여섯 명의 가족을 꾸려 냈던 할머니는, 이제 누군가의 돌봄 없이는 모든 것을 혼란스러워합니다.

돌봄에 관한 소설집 제의를 받자마자, 저희 외할머니가 가장 먼저 떠올랐습니다. 퇴행성 뇌 질환을 안고 사는 소설 속 인물의 모습은, 할머니를 생각하며 쓴 것입니다. 할머니가 이 소설을 읽을 수 있다면 어떤 반응을 보일지 궁금합니다. 안 좋은 부분이 지나치게 과장이 되었다고 마구 화를 내어도 저는 참 기쁠 것 같습니다. 할머니의 실제 모습과 다른 부분이 많긴 하지만 그런 것들을 허구로 치더라도, 가장 소중한 할머니의 온기를 글에 담아낼 수 있어서 저를 돌봐 준 할머니에게 고맙습니다.

황보나

(**추천의 글**)

　이 책의 주제인 '돌봄'과 관련해 생각나는 두 현상이 있다. 하나는 사회 복무 요원으로 병역 의무를 이행하는 청년들이 가장 꺼리는 기관이 요양원이라는 사실. 다른 하나는 외국인 가사 관리사 시범 사업에서 발생한 저임금과 열악한 노동 조건 이슈. '시장 체제'에서 '돌봄 체제'로의 변환을 모색해 오고 있지만 여전히 돌봄 노동의 가치는 시장의 교환 가치처럼 평가되지 못하고, 자신을 돌봄 노동의 주체로 규정하는 사람은 흔치 않다. 돌봄 노동은, 저임금으로 남에게 떠넘길 수 있다면 굳이 도맡고 싶지 않은 허드렛일이나 국가가 나서서 완벽히 책임지면 해결될 일쯤으로 여겨지는 듯하다.

　'돌봄 체제'에 대한 비전이 공유되지 않고 돌봄 노동을 경시하는 사회에서 청소년을 돌봄의 주체로 호명하는 건 더욱이 낯설어 보인다. 게다가 돌봄이란 가치는 지금껏 우리 사회가 경쟁에서 이겨야만 도태되지 않는다고 청소년에게 줄곧 강제한 메시지와도 전혀 상반된다. 이런 상황에서 휠체어 타는 이모가 공중화장실 변기에 앉는 걸 도울 능력(「녹색 광선」)과 치매 환자인 할머니가 더럽힌 변기를 함께 쓰는 일상(「가방처럼」)을 허용할 수 있을까.

234

이제 다음 세대에게 '너의 교환 가치를 올리라'고 더 이상 강요하지 말고 돌봄의 가치를 나누어야 할 때다. 태어나 죽을 때까지 타인의 돌봄 없이 살아가는 존재는 없기에 전 생애에 걸쳐 서로 돌보고 돌봄을 받는 연습이 지금부터 필요하다는 걸. 인간의 삶은 시장 경제로만 소환될 수 없으며 훨씬 더 웅장하고 장대한 것들과 지극히 소소한 것들로 구성된다는 사실을 말이다.

이 책을 읽은 청소년 독자들은 친구의 질환을 까다로움으로 치부하지 않으며 고통에 동참하고(「샤인 머스캣의 시절」), 내 공간을 엄마의 공간으로 마련해 주는(「귀여워지기로 했다」) 일이 비단 작은 돌봄이 아닌 위대한 돌봄임을 알 것이다. 자기 주변의 위대한 돌봄들을 찾아보고 수행하며 돌봄의 세상을 만들어 나가는 일에 이 책이 작은 시작점으로 청소년 곁에 있어 주면 좋겠다.

—김유진(아동청소년문학평론가, 『구체적인 어린이』 저자)

좋은 소설은 단어에 얹힌 낡은 먼지들을 떨어낸다. 『너의 오른발은 어디로 가니』 속 작품들은 돌봄의 새로운 정의를 제안한다. 소설에 그려진 모든 돌봄 행위는 시혜자-수혜자로 분리되지 않는다. 돌봄을 중심으로 연결된 이들은 서로의 삶에 스며 각자의 흔적을 남긴다. 세상 여느 관계가 그렇듯 다채로운 빛깔과 질감으로. 책을 읽는 내 물을 흠뻑 머금은 붓으로 그린 수채화를 떠올렸다. '돌봄 소실집'이라는 제목만을 읽고서 청소년 독자가 누군가를 돌보며 성장하는 안타깝고 애틋한 이야기이겠거니 미리 짐작한 남루한 예측이 부끄러워 얼굴을 자주 붉혔다. 왜 나는 세상의 모든 돌봄 서사를 무채색이라 단정 지었을까.

소설에 등장하는 존재들은 함부로 대상화되지 않는다. 이들은 안타까운 사연을 내보이며 독자의 눈물샘을 자극하지도, 반대로 당당하고 다부진 모습을 보이며 "이것 봐. 우리는 이렇게 주체적이야."라고 증언하는 도구로도 기능하지 않는다. 이들은 비참한 모습을 전시하지도, 힘과 용기를 애써 그러모으지도 않은 채 그이 자체로 지면을 밟고 존재한다. 소설이 세상을 더 나은 방향으로 움직일 힘을 갖는다면, 그 근원은 '우리가 할 수 있는 가장 고귀한 일은 타자를 매번 재발견하려는 노력'이라 말하는 이 장르의 윤리성에 기반할 것임을 다시 확인한다.

―김영희(전국국어교사모임 독서교육분과 물꼬방 교사)